JN318897

二見文庫

人妻　乱れ堕ちて……

渡辺やよい

目次

第一章　地に眠る誘惑　7
第二章　シャンパンに溺れて　45
第三章　准教授の転落　90
第四章　淫らなダンス教室　127
第五章　堕ちていく感覚　154
第六章　爛れた人妻　205

人妻　乱れ堕ちて……

第一章　地に眠る誘惑

すべての始まりは、可愛がっていたペットのマロンからだった。

「マロンが、元気がないの……」

そろそろ梅雨に入ろうかというどんより曇ったその朝、西田百合香《にしだゆりか》は、夫の圭《けい》吾《ご》のカップにコーヒーを注ぎ足しながら、つぶやいた。

百合香は今年三十七歳。圭吾と結婚して十五年になる。

都心の高層マンションに夫と二人暮らしだ。子どもはいない。

パーマをかけないストレートの黒髪を無造作にゴムでまとめ、色白で小造りの顔に化粧気はない。中肉中背。ユニク○のシャツにジーンズ姿。どちらかといえば内気で、家でひっそり暮らしている。どこにでもいる、平凡な主婦だ、と自分では思っている。

「え？　なに？」

トーストを齧《かじ》りながらスマホの画面に夢中になっていた圭吾が、顔も上げずに答える。

圭吾は中古の住宅建物斡旋会社の社長だ。二十代で自力で会社を起こし、バブル期に業績を大きく伸ばし手広く商売をしている。学生時代は柔道部だったという圭吾は、顔も身体も岩のようにがっちりとしていて、見るからに押しが強そうな風体だ。事実、彼の性格はワンマンで有無を言わさぬところがある。

「マロン――ここ二、三日、ご飯もあんまり食べなくて、じっと丸まったままで……」

百合香は小さくため息をついて、自分のコーヒーカップを両手で包んだ。

「あれか？　ハムスターだろ。ああいうネズミって、長生きしないんじゃないか？　寿命だろ」

百合香がマロンを大事にしていたことを知っていて、素っ気なく正論を言う圭吾に、思わずキッと顔を上げ、声を強くした。

「マロンはネズミじゃないわ、ロボロフスキーっていう――」

「また飼えばいいじゃないか。俺は別にかまわんよ」

コーヒーを飲み干すと圭吾は、会話を断ち切るように立ち上がった。そのまま椅子に掛けてあったスーツの上着を手に取り、ダイニングを出ていく。

「ぁ――」

言い募ろうとした言葉を飲み込み、百合香は慌てて夫の後を追った。

玄関で靴を履いている圭吾の背中に、

「行ってらっしゃい……あの、今日は、遅いの?」

おずおず声をかける。遠慮がちになるのには、訳があった。

「ああ――今夜は接待があるからな。お前は先に休んでいていいから」

「はい――」

圭吾はふと振り返り、思いついたように内ポケットから財布を出し、五千円札を抜き取って差し出した。

「元気出せよ、ほら。新しいネズミを買っていいから」

百合香は無表情で札を受け取った。

「じゃ、行ってくる」

ドアが閉まると、百合香は札をくしゃっと握りしめた。圭吾なりの思い遣りのつもりだったのかもしれないが、大切なマロンの命を金で解決しようとする行為がかえって百合香の心を傷つけていることに、彼はまったく気づかないのだ。

「だから、ネズミじゃないって……」

ダイニングに戻り腰を下ろしたが、食欲は失せていた。テーブルの上をそのままにして、リビングの窓際に布の覆いをかけて置いてある、ハムスターのケージを覗き込んだ。

床に敷き詰めた木屑の中に、ふわふわした手の平に乗るほどの大きさの、灰色の生き物が丸くなっている。

「マロン……」

小さく声をかけると、ハムスターはわずかに顔を上げ、だるそうに百合香を見上げた。いつもはくりくりしたつぶらな瞳が、生気を失って瞼が半分閉じている。素人目にも明らかに重篤なのに、飼い主の声に応えようとする健気さに、百合香は胸が抉られる思いだった。

飲み水を替え、餌入れにマロンの好物の賽の目に切った林檎を入れて側に置いてやり、そっとケージに覆いをかけた。

ソファにぐったり座り込むと、リビングの壁にかけてあるフランス製の大きな鏡の中に映る自分と目が合った。

マロンと同じくらい生気がない表情だった。

（今日は燃えないゴミの日だから、それを出して、洗い物をして、お洗濯とお掃除をして――あとは……あのひとのスーツをクリーニングに取りにいかなきゃ）

頭の中で今日すべきことを数え上げていくが、気力がまったく湧いてこない。

（燃えないゴミの日は水曜日――今夜、あの人は女のところにいくんだわ）

ぎゅっと心臓が痛む。

一年ほど前から、圭吾に女の影を感じている。

水曜日は決まって接待と称して、帰りが深夜になったり朝帰りになったりする。毎回、酒の匂いより、甘い香水の香りを漂わせて帰ってくる。百合香のことをおっとりした勘の鈍い女だと思っている圭吾は、そういうところが無頓着だ。

圭吾に女ができてからは、それでなくとも間遠だった夫婦生活がすっかり無くなってしまった。

だが百合香は圭吾になにも聞かず、問いつめたりもしなかった。

自分が子どもが出来にくい体質だとわかったのは、結婚して三年経ち、婦人科で検診を受けた時だった。その事実を、圭吾は百合香を責めることなく受け入れてくれた。

以来、夫に対して負い目があった。

何の取り柄もない妻を養ってくれているだけでも、ありがたく思わなければならない――実家の母に、そう言い聞かされた。

その通りだと思い、圭吾に仕えてきた。

それでも、水曜日には必ず聞いてしまう、「今日は、遅くなるの？」と。ムダと知りつつ、「いや、今日はまっすぐ帰るよ」――そういう言葉を期待してしまう自分がいる。

(何の取り柄もない女……ほんとうにそうなの？)

百合香は鏡の中の自分に問う。

顔立ちは寂しげだが、黒目がちの切れ長の目元は整っている。肌の肌理《きめ》は細かく、このごろは滅多に外出しないので、透き通るように白い。

百合香はゆっくり、シャツのボタンを外す。シンプルな白いブラジャーに包まれた乳房が現れた。ブラジャーのフックを外すと、ふるんと柔らかな乳房が解放される。それほど大振りではないが、お椀型の形のよい乳房だ。人妻なのに、乳輪も乳首も小さくピンク色で、少女のそれのようだ。

そっと乳房を撫で回す。

もう随分と夫に触れられていない。

指先が乳輪に沿うように辿ると、ぞくんと寒気のようなものが走り、乳首がつんと尖った。

「ん……」

指の腹で乳首の先端を触れるか触れないかの微妙なタッチで撫でていると、じわじわと甘い疼《うず》きが下腹部に走ってくる。次第に手に力を込め、乳房全体を掬い上げるように揉みこみ、指間に凝った乳首を挟んで小刻みに揺さぶった。

じんと乳首の先から電流が下腹部へ走り、きゅんと膣襞が蠢く。

「ふ……ん、んん、んぅ……」

悩ましい鼻声が漏れてしまう。

乳首を擦り上げながら、片手をそろそろとジーンズの股間に下ろし、服地の上から太腿の狭間をいじる。

「んっ」

妖しい疼きに腰がぴくんと跳ねる。

しばらくそのまま股間を弄っていたが、膣奥がひくひく戦慄《おのの》いて我慢できなくなる。ゆっくりとジーンズのジッパーを下げ、木綿のパンティの上に指を這わせた。

「は、はぁ……」

じわりとパンティが湿ってくる。

指を秘裂に押し込めるようにして、上下に指を動かす。嬉しそうにひくんひくんと媚肉が反応する。

「……ん、ん、んぅ……」

芯を持って凝《しこ》りきった乳首を交互に弄りながら、秘裂をまさぐる。

「あ……欲しい……」

隘路《あいろ》の奥が満たして欲しくて、痛いほど疼き上がる。だが、ぎりぎりまで自分を焦らす。

「んふぅ、あ、も……」

膣腔が灼《や》け付くように熱くなり、直に触れたくて我慢できなくなった。

百合香は足をソファの上に載せ、背中を肘掛けにもたせかけ、ジーンズを脱ぎパンティを引き下ろした。

青白い股間の黒々とした恥毛が剝き出しになる。

指で蜜口を辿ると、ぬるりと指が滑り込んだ。

「あっ……」

やっと与えられた刺激に、濡れ襞がざわついて指に絡み付く。

「んん、ふ、はぁ、はぁ」

綻んだ花唇をくちゅくちゅと掻き回す。甘い痺れが四肢に広がっていく。そろそろと恥毛のすぐ下に膨らんでいるクリトリスに触れる。

「あっ、あ」

クリトリスをゆっくり転がすと、鋭い喜悦が下肢に走る。滲み出す愛液を指で掬い、塗り込めるようにクリトリスになすり、刺激を繰り返すと、包皮から花芯が頭をもたげてくる。それに直に触れると、たまらない快感に背中が仰け反った。

「あっ、あ、い、いいっ……」

円を描いて花芯を撫で回す。

痺れる愉悦に、両足が自然に大きく開いてくる。

「ん、いい、気持ち……いいっ」

百合香は目をぎゅっと瞑《つむ》り、指先に神経を集中する。

繰り返し短い媚悦が襲い、耐えられないほどになる。子宮の奥がざわめいて、もっと大きな刺激を要求してくる。

夢中でクリトリスを擦っていると、さざ波のようにエクスタシーが迫《せ》り上がってくる。

「はあ、だめ、あ、だめ……っ」

クリトリスからのエクスタシーがぐっと高まった瞬間、指を二本揃えてぐぐっと膣穴の奥へ突き入れる。

「あああっ、あ、あ、ぁ」

深く狂おしい快感に襲われ、背中が仰け反った。

恥骨の裏側辺りの、膨れた丘のような部分を指で突き上げると、尿意にも似た快感が迫り上り、たまらない。

「だめ、あ、だめ……っ」

じゅっと新たな愛液が噴き出し、手を淫らに濡らす。

ぐちゅぐちゅと猥《みだ》りがましい音を立てて、指を素早く抽挿する。

絶頂はすぐに訪れた。

「あぁあ、あ、来る……っ、あぁっ」

爪先までぴーんと力が入り、股間がきゅーっと指を締めた。

びくびくと全身を震わせて、百合香は達した。

「……はぁ、は、はぁ……はぁ……」

がくりと身体をソファに沈ませ、百合香は肩で息を継ぐ。

強く目を閉じていたので、目尻に涙が溜まっていた。

「ふう……」

のろのろ身を起こし、パンティを穿き直す。

ふと、鏡の中の自分と視線が合う。

それは、虚ろな妖しい目つきをしていた。

欲望を解消したはずなのに、胸の奥に冷たい風が吹くような気がした。

オナニーを覚えたのは、圭吾が初めて水曜日に外泊した日の翌日だった。

最初は、乳房をいじる程度で、秘所までは怖くてなかなか手が出せなかった。

だが、思い切ってパンティの上から刺激しているうちに、直に触れることにも抵抗がなくなった。

それまで、自分のヴァギナの中が、こんなに複雑に多彩に蠢くとは知らなかった。濡れやすいポイントもあることがわかった。

膣口から指の第二関節くらいまで挿入した臍のすぐ裏側辺りが、Ｇスポットらしく、そこを指で突き上げると、簡単にエクスタシーを得られることも覚えた。

今日のように、気持ちがどんよりするときには、決まってオナニーに耽ってしまう。

だが、自分で絶頂に追いやるのには、五分もいらなかった。

雑念が吹き飛ぶような悦楽はほんの一瞬で、その後は前よりもっと虚しい気持ちに支配されてしまう。

情けない。

哀しい。

寂しい。

だが、止められない。刹那の快感でもなければ、夫にかまってもらえない身体が、せつなくて耐えられない。

百合香はジーンズを穿き、立ち上がった。

「まず、燃えないゴミ――」

自分に言い聞かせて、日常の家事に取りかかった。

マンションの一階の玄関口にある、蓋付きの大きなダストボックスに、ゴミ袋を押し込んだ。

ちょうど出勤するらしい中年の女性が、ゴミ袋を持って玄関ロビーから出てきた。

「おはようございます」

機械的に挨拶を交わす。その女性は、ゴミを捨てるとパンプスの音を響かせて、駅への道をたどっていった。スタイリッシュなボブヘアに機能的なブランドもののスーツ姿が、颯爽として見える。いかにも都会のビジネスウーマンという感じだ。

彼女の背中を見送りながら、百合香は自分も仕事をしていればどうだったか、とふと思う。

百合香の実家は、海に面したT県にある。大きな湾を挟んで、隣に東京があった。

「とっぱずれ」と呼ばれる百合香の実家のある町は、県の突端だ。家のすぐ近くは漁港で、裏手は山だ。実家の父は手広く魚肉加工業を営んでいて、地元では名士だ。だが、百合香は子どもの頃から、都会に憧れていた。この地方は常に空気に湿った潮の香りが混じり、どんよりしている。土地は腐るほどあるが、人口は少なく発展はしない。若い者は皆、東京に出て行く。百合香も例外ではない。

東京に行きたい、東京に住みたい。

ずっとそう願ってきた。

しかし、ワンマンで保守的な父は、一人娘を都会にやることを良しとせず、百合香を地元の短大に通わせ、卒業するとすぐに沢山の見合い話を持ってきた。

百合香は降るほど持ち込まれた見合い相手の中で、西田圭吾を選んだ。

それは、彼が候補者の中で唯一東京で会社を経営し、東京暮らしをしていたからだ。

当時の圭吾はまだ会社を起こしたてで、財力のある百合香の実家は彼には魅力的だったらしい。

見合いの席で、百合香には圭吾が輝いて見えた。東京で一旗揚げようという気概に満ちていて、この人についていけば新しい人生が開けるように思えた。圭吾の方も、大人しく控え目で容姿もそこそこの百合香を気に入ったようで、二人の結婚話はとんとん拍子に進んだ。

東京の一流ホテルで華々しく結婚式を挙げ、生まれて初めての海外での新婚旅行。そして、都心の一等地に建てられた高層ビルのデザイナーズマンションでの暮らし。二十階の部屋から、煌《きら》めく東京の夜景を見下ろした百合香は、自分が東京を征服したような、誇らしい気持ちになったものだ。

だが、結婚直後から、百合香の実家の援助を得た圭吾は、会社を大きくすることに夢中になった。当時は景気がよくマンションが飛ぶように売れ、圭吾の会社の業績はぐんぐん伸びた。

子どもに恵まれなかった百合香は、始めのうちこそ英会話だの料理教室だの習い事に通ったりしてみたが、元々が港町育ちの田舎娘だったせいか、セレブの匂いをぷんぷんさせる東京マダムの会話にはついていけなかった。次第に部屋にひきこもりがちになっていった。

一方、剛胆そうな風貌と違い、圭吾は存外にけちくさかった。家計は圭吾が管理し、月の生活費以外の費用は、いちいち彼に請求しなければならず、習い事や買い物をするのが次第に億劫になってしまった。

そして現在——女盛りのはずなのに、夫からは顧みられず、バベルの塔のように高いマンションの部屋の中で、小さなハムスター相手に独り言をつぶやくだけの生活だ。

心の中には諦念と苛立ち、そして、どこかに出口を求めるようなかすかな希望が渦巻いている。

部屋に戻り、いつも通り家事をすませ、ありもので昼食を摂《と》ったあとで、マロンのケージの覆いをはずして、具合を窺った。

「マロン……」

そっと呼びかけたが、丸まった小さな身体は反応しなかった。

はっとしてケージの蓋を開け、こわごわマロンの身体に指で触れてみた。

冷たくこちこちになっていた。

「！」

びくんとして手を引っ込めた。

死んでいた。


マロンの小さな骸《なきがら》をハンカチに包み、クッキーの空き缶に収めた。

「ごめんね、気がつかなくて、ごめんね……」

涙があふれて止まらない。

朝には確かに生きていたのに、いつ息を引き取ったのか気がつかなかった。目を閉じ、口を半開きにした死骸は、どこか口惜しげだった。

悄然とした百合香は、テーブルの上に載せたクッキー缶を見つめ、ダイニングの椅子に座ったまま何も手に付かずにぼんやりしていた。何時間もそのままでいたようだった。

突然、ぱっとリビングの灯りが点った。

「あ……?」

百合香が我に返り、驚いて目をしばたたくと、戸口に圭吾が立っていた。スーツが着崩れしていて、ぷんと酒臭い。

「なんだ、灯りも点けないで――」

圭吾は不機嫌そうにリビングを通り抜け、キッチンに向かった。

百合香は慌てて立ち上がり、夫の背中を追った。

冷蔵庫を開けた圭吾は、ペットボトルにそのまま口をつけて水をごくごく飲んでいる。

「お、お帰りなさい……今日は、遅くなるっていうから……」

百合香が声をかけると、冷蔵庫のドアをばたんと閉めた圭吾は、むすっと言う。

「接待はなしになった。おい、なんか食うものないか?」

百合香は首を振った。マロンの死のショックで、夕方の買い物に出るのも忘れていた。もっとも、今日は圭吾は帰宅しないと思い込んでいたので、一人で残り物でも食べるつもりだったのだが。

「ちっ——カップラーメンくらいないのかよ」

圭吾が舌打ちする。今夜の彼は、妙に不機嫌だ。

「待って、探すから」

百合香はキッチンの隅に置いてある踏み台を持って、その上に立ってキャビネットの一番上の棚を探った。そこに乾物や保存食を置いてあるのだ。

「ラーメン？　焼きそば？」

手を棚に伸ばしたまま振り返ろうとすると、ふいに背後から夫に抱きすくめられた。

「きゃ……」

驚いて踏み台から足を外しそうになる彼女の身体を、圭吾はそのまま抱えて性急に胸元を弄ってくる。

「や——なにするのっ」

身を捩《よじ》って逃れようとすると、圭吾が息を荒くして首筋や頬に唇を押し付けてくる。

「なにって——夫婦だろうが」

酒臭い唇で無理矢理キスされそうになり、百合香は思わずぎゅっと歯を食いしばった。

「こんな、いきなり——」

「御無沙汰だったろう、してやるから」

小柄な百合香は体格のいい圭吾の力には敵わず、抱きすくめられたままダイニングに引きずり込まれた。そのまま、ダイニングテーブルにうつ伏せにされる。

圭吾は体重をかけるように身体を押し付け、百合香のジーンズのジッパーを下ろし、パンティごと乱暴に引き下ろした。

「やだ、こんなところで、やめてよっ」

嫌悪感いっぱいで必死に暴れると、テーブルががたがた揺れ、置いてあったクッキー缶が床に転がり落ちた。

「あっ、マロンが……だめっ」

「あ？　なに？」

圭吾は百合香のシャツを捲り上げ、ブラジャーのカップの内側に手を入れようとして、一瞬動きを止める。

「マロンが……死んじゃって……今日……」

圭吾に説明しようとしたが、強く乳首を捻り上げられ、悲鳴を上げてしまう。

「痛いっ」

「それくらいのほうが、感じるだろ？」

圭吾は片手で乳房をくたくたに揉みしだき、もう片方の手で百合香の股間をまさぐった。

強引に秘裂に指が押し入り、引き攣れた膣襞に痛みが走る。

「だめ、やめて……無理だから」

「平気平気、入る入る」

圭吾はあやすように言うと、指先に自分の唾液を付けて、それを膣内になすり付けた。そのまま彼は、腰を押し付けてくる。

蜜口に硬い亀頭が当たる感触に、百合香は身じろぎした。

「いやだって――あうっ」

一気に貫かれた。

脈打つ男根が突き進もうとするが、潤いの足りない媚襞は受け入れきれない。

「く、あ、痛ぅ、やだ、やあ――」

百合香はぎゅっと拳を握り、引き裂かれるような痛みに耐える。

「すぐよくなるって」

圭吾がかまわず腰を使い出した。

「う、ううっ」

肉びらが夫の抽挿に合わせて巻き込まれ、引き攣る。

「ちえっ——ちん○が痛いじゃないか、おい、もっと濡らせよ」

圭吾が苛立たしそうに言い、手を前から回して、クリトリスを探った。

「あ、あぁ……」

鋭敏な花芽を乱暴に擦られ、心地好さより痛みが増幅する。

だが何度も抜き差しを繰り返されると、その刺激に膣内が徐々に濡れてくる。

滑りがよくなったことに気をよくしたのか、圭吾は百合香の腰を抱え、本格的に抽挿を開始した。

「は、う、あ、んあ、あ」

テーブルが軋《きし》み、圭吾の律動に合わせて悩ましい声が漏れた。

感じ始めたというよりは、無理矢理感じて濡らし、早く終わってもらいたいという一心だった。

息を凝らして耐えていると、夫の動きが性急になる。がむしゃらに揺さぶられ、ぱつんぱつんと結合部から粘膜の打ち当たる淫猥な音が部屋に空しく響いた。

「どうだ？　久しぶりで、感じるだろう？　どうだ？」

「あ、あぁ、や、あぁ……」

喘ぎ声を上げながら、百合香は床に落ちたマロンの骸を収めたクッキー缶を見つめた。

(可哀想にマロン……埋めてあげなくちゃ)

圭吾がひときわ激しく腰を揺すり、最奥まで突いてくる。終わりそうだと予感した百合香は、下腹部に力を込めてイキんだ。

「うぉ——締まる」

圭吾が低く唸る。

百合香はオナニーで、膣を締めるコツを覚えたのだ。

指を膣腔に押し入れて、呼吸を深くして下腹部に力を込めると、きゅうっと媚壁が指を締め付ける。こんなふうに自分の内部は収斂《しゅうれん》するのかと、驚かされたものだ。

その感覚を思い出し、夫の剛直を締め上げ追いつめる。

(早く——早く、終わって)

圭吾の腰の動きが小刻みになった。

と、ぶるりと圭吾が身震いし、びくびくと内部で肉棒が痙攣した。

背後の動きが止まり、圭吾が深いため息を漏らす。

「ふぅっ……」

ぬるりと精を出し終えた陰茎が抜け出ていく。

百合香は息をつめてじっとしていた。

「お前、悪くないじゃないか。年のせいで、身体が熟れてきたのか?」

圭吾が百合香の剝き出しの尻を、軽く叩いた。

百合香は無言で身体を起こした。

「風呂入るぞ」

圭吾は機嫌が直ったように言い、風呂場に姿を消した。

百合香はテーブルの上のティシュに手を伸ばし、股間を拭った。とろりと白濁液が大量に流れ出し、不快でならなかった。

パンティとジーンズを引き上げ、床に跪《ひざまず》いて落ちたクッキー缶を拾い上げた。

「ごめんねマロン、痛かった？」

つぶやいてから、思わず苦笑する。

マロンはもう死んでいるのだ。

ふいに苦いものが咽喉の奥からこみ上げそうになり、ぐっと息を呑んだ。

ほぼ一年ぶりの夫とのセックスだったのに、惨めな気持ちしか残らなかった。

(酒は飲んできたみたいだったし、きっと、愛人となにか揉めたんだわ)

そう思い至ると、ますますやりきれない。

風呂場の方から、シャワーの音と鼻歌を口ずさんでいる圭吾の声が響いてくる。

百合香はカーディガンを羽織るとクッキー缶を抱え、そっと部屋を出た。

エレベーターを下り、マンションの玄関ドアから外に出ると、細かい霧雨が降っていた。手を宙に差し出して、雨足を確かめると、それほどの雨量ではない。

思い切ってそのまま飛び出す。

マンションの近くの野ざらしの駐車場の裏手に、小さな無人の稲荷神社がある。

そこの裏の竹やぶに、マロンを埋めてやろうと思った。

夜更けのひと気のない街路を、急ぎ足で進む。

稲荷神社に入り、祠《ほこら》の後ろの竹やぶに踏み込んだ。

しゃがみ込んでから、スコップを持ってくるのを忘れたことに気づく。しかたなく、湿って柔らかくなった地面を、素手で掘った。

小さい穴を掘り、そこにクッキー缶を入れて土塊を被せた。

「マロン、成仏してね」

両手を合わせて祈ってから、汚れた両手を叩きながら立ち上がろうとして、ふっと、そばの竹やぶに薄汚れたキャリーバッグが打ち捨てられているのに気がついた。バッグのストッパーが一部はずれ、カバンが微妙に開いている。

その中身がちらりと目に入って、百合香はぎくりと身を強ばらせた。

(お金!?)

ビニールに包まれた札束のようなものが、見えたような気がした。

(まさか――馬鹿馬鹿しい)

そう思ったが、胸騒ぎがして、そろそろとキャリーバッグに近寄った。

竹が立て込んで生えているので、尖った笹の葉がちくちく頬や手足に刺さる。

手を伸ばして、キャリーバッグの横のジッパーを下ろした。

バッグがさらに開き、中にぎっしり詰まった札束が見えた。

心臓の鼓動が速まった。

あわててジッパーを上げ、逃げるように竹やぶから出た。

稲荷神社を飛び出し、マンションへの道を小走りに急いだ。

(嘘……なにかの見間違いだわ。落とし物？　いいえ、あんなところに落とすはずない……)

息が切れて、百合香は側の街灯に手を突いて、胸を押さえた。

(ヤバいお金よ……きっとそうよ、やだ……)

訳もなく恐怖がこみ上げ、誰かが自分を窺っていないかと辺りをきょろきょろしながら歩き出す。

マンションに辿り着き、暗証番号を打ち込んで玄関ロックを解除し、中に飛び込むと、やっとほっとした。

(見なかったことにしよう。私はなにも、見なかったの)

部屋に戻ると、圭吾はすでにパジャマに着替えリビングのソファに寝そべり、ビール缶を片手にテレビのバラエティ番組を見ていた。

音もなく入ってきた百合香に、圭吾は驚いたように振り返る。

「おい、どうした？　びしょ濡れだぞ」

百合香はそのとき、やっと自分がずぶ濡れになっているのに気がついた。帰り道で、雨足が強くなっていたことすら気がつかなかった。

「あなた――」

百合香は圭吾に、今さっき自分が目にしたものを打ち明けようとした。

だが、夫が自分がそっと外出したことすら気がつかなかったことに思い至ると、口を閉ざしてしまった。

黙って風呂場に向かった。

圭吾は気にするふうもなく、テレビを見ているようだ。

濡れた服を脱ぎ捨て、風呂場に入ってシャワーをひねった。

「熱っ」

湯が肌に焼け付くようで、慌てて飛びのいた。夫は火傷しそうなほど熱い湯を好むのだ。何度言っても、温度を元に戻しておいてくれない。

シャワーの温度を下げながら、壮絶な孤独感を感じ、百合香はふいに嗚咽《おえつ》がこみ上げた。


――翌朝。

朝食の席でスマホをいじっていた圭吾の表情が、にわかに緩んだ。

「おい、今夜はほんとに接待で遅くなるからな」

トーストにバターを塗りながら、百合香はちらりと夫の表情を見て、うなずいた。

「わかったわ」

圭吾が愛人としきりにＬＩＮＥをしているのは知っていた。

おそらく、愛人から仲直りのＬＩＮＥでも入ってきたのだろう。

(わかりやすい人だわ――無邪気なものね)

内心苦笑がこみ上げる。

圭吾は根っからの悪人というわけではない。少し無神経なだけだ。

だがその「少し」に、百合香はひどく傷ついてしまうのだった。

圭吾が出かけてしまうと、百合香は家事を済ませてから、空っぽになったハムスターのケージを掃除し納戸に片付けた。

もう新しい生き物を飼う気はしなかった。

指先にまだ、かちかちになったマロンの死体の感触が残っていて、あんな寒々しい気持ちになるのなら、二度と生き物は飼いたくはなかった。

夜半、百合香はぼんやりと、リビングの大きな窓から都心の夜景を見下ろしていた。

東京の夜は、きらきらと宝石を散りばめたように輝き、虚ろな心を抱えた百合香には、あまりに眩しかった。

（あの光の中に、私の知らない女性としての楽しみや喜びがいっぱいあるのかもしれない）

それなのに、自分はぽつねんとそれを見下ろしているだけで、手を伸ばすこともできない。

あれほど東京暮らしに憧れていたのに、田舎で悶々としていた気持ちとまったく変わらない。

（なにか、したい……）

ふいに頭の中に、見知らぬ愛人とセックスに耽っている夫の姿が浮かんできた。かあっと全身が熱くなった。

ぷつんと胸の中で、なにかが弾けた。

百合香はクローゼットを掻き回し、大きめのボストンバッグを探し出した。それを持って上着を羽織り、部屋を出た。

人目につかないようにマンションを出て、一目散にマロンを埋葬した稲荷神社に向かった。

薄暗い竹やぶに踏み入り、目を凝らすと、昨日と同じところにキャリーバッグが転がっている。

百合香は周囲を窺い、誰もいないことを確認してからキャリーバッグに手をかけた。

心臓がばくばくしだした。

震える手でキャリーバッグを開く。ビニールに包まれた大量の札束が入っていた。

ビニールを力まかせに破り、札束を摑んだ。

古い一万円札が輪ゴムで無造作に束ねてあるが、どれも均等の厚さだ。ぷんと古札独特の匂いが鼻をついた。

緊張で呼吸が荒くなる。

百合香は持ってきたボストンバッグの中に、札束を次々と詰め始めた。極度に息が乱れて、頭がくらくらしてくる。夢中になって、すべての札束をボストンバッグに押し込んだ。

ぱんぱんになったボストンバッグを持ち上げると、ずしりと重い。とても持ち上げられなかった。札がこんなに重いとは、予想もしなかった。

(どうしよう、何度もここに来ては、誰かに怪しまれるかも……)

焦りで背中に冷や汗が流れる。

仕方なく、詰めた札束を再びキャリーバッグの中に入れ戻す。ぎゅうぎゅうに詰め込み、ストッパーをかけた。これごと運ぶしかない。

把っ手を摑んで、うんうん言いながら竹やぶを出た。

ちらりとマロンを埋めた辺りに目をやり、素早く黙禱する。

(マロン、いろいろありがとうね)

街路に出て、キャリーバッグを引っぱった。ごろごろと意外に大きな音がして、心臓が跳び上がった。必死に平静を装い、マンションまでキャリーバッグを引いていく。

玄関ロビーに誰もいないのを確かめてから、素早く中に入りエレベータに乗り込んだ。

「あ、乗ります」

ドアを閉めようとして、背後から女性の声がし、びくりと肩が竦《すく》んだ。

一人の女性がエレベーターに乗り込んできた。

昨日、ゴミ捨て場で出会った、キャリアウーマン風の女性だ。

百合香は顔を伏せ、エレベーターの隅に寄る。

「あの——」

女性が声をかけてきて、百合香は肝が縮み上がった。

「わ、たし——旅行帰りで……」

訊かれてもいないのにしどろもどろに言うと、相手の女性は興味無さげな声を出す。

「そうですか、で、何階ですか？」

彼女は開閉ボタン板の前に立って、こちらを見ていた。

「あ、二十階、です」

慌てて応えると、女性はうなずいてボタンを押してくれた。

エレベータが上昇する間、百合香はずっと顔を背けていた。女性は手元のスマホ画面をしきりにいじっていて、こちらを気にもしない。

七階で、彼女は先に下りていった。

百合香はドアが閉まったとたん、安堵感が一気に押し寄せて腰が抜けそうになった。

その後はエレベータに誰も乗り込んでくることもなく、二十階に到着した。

百合香は廊下に音を立てないよう、キャリーバッグを抱えて必死で部屋まで這うように戻った。廊下の奥の部屋だったので、キャリーバッグの重さに両手が悲鳴を上げそうだった。

ドアの指紋認証のキーを開け、玄関に入った刹那、ふらふらと床に倒れ込んでしまった。緊張の糸が切れ、全身に嫌な汗をぐっしょりかいている。

百合香はドアに立てかけたキャリーバッグを見つめた。

(持ってきてしまった……)

心臓の動悸がまだ収まらなかった。

いくらか呼吸が平静になると、キャリーバッグを部屋の中に運び入れた。

キッチンまで運び、流しの後ろにぺたりと腰を下ろし、中身を改める。

札束をひとつ出し、枚数を数えてみた。

ひとつの束が百万円分のようだ。

「一、二、三……」

キャリーバッグから取り出した札束を、床に積み上げてみる。

三億円あった。

「三億……」

もちろん、これまで見たこともない大金だ。

このデザイナーズマンションは九千万円だと圭吾から聞いているし、彼の愛車のポルシェは六百万、ゴルフ用具は三百万などと金額だけは知ってるが、自分にはぴんとこなかった。なぜなら、百合香の自由にできる金額など、雀の涙ほどのものだったからだ。

家計は圭吾に握られて、何をするにも夫の許可が必要で、煩《わずら》わしさもあってめったに金銭を要求してこなかった。

美容院は三カ月に一回。着るものはユニク〇。普段はスッピンで、化粧品もろくに買わない。

実に安上がりの妻だ。

だが今――三億円が手元にある。

(これは拾ったの――でもきっとなにか訳ありのお金よね。ということは私がしばらく預かっていてもかまわないわよね)

そう自分に言い聞かせた。

使うつもりなどない――ただ、大金が自分の元にあるという現実は、かつてないほど心を満たしてくれた。

自分にこんな行動力があったのも意外で、感じたことのない達成感に気持ちは高揚していた。

気がつくとブラジャーの内側で乳首が凝ってつんと立ち上がっているのがわかった。

キャリーバッグを運んでいる時のどきどきや呼吸の乱れは、欲情している時のそれと似ていた。

「……ん」

何気なくシャツの上から乳房を探ってみた。じんと乳首が疼いて、下腹部にダイレクトに響いた。

シャツを押し上げて、乳首が硬く凝っている。そこを指の腹で撫でていると、甘い疼きで膣腔が引き攣った。

そろそろとスカートを捲り上げ、股間に手を押し入れる。

驚いたことに、すでにパンティが恥ずかしいほどに濡れていた。

「ん、ふ、んぅ……」

湿ったパンティの中心部を指先で抉《こ》じるだけで、ぞわっと背中が情欲に震えた。

もはや我慢できない。

百合香はシャツの内側に片手を潜り込ませ、ブラジャーのカップを押し上げ直に乳房を揉んだ。パンティの端から指を潜り込ませ、しとどに濡れた陰唇をまさぐった。蜜口は綻んで、熱く熟れている。

「あっ、あ……」

くちゅくちゅと指で数回搔き回しただけで、びくびくと腰が浮いた。

触れてもいないのに、クリトリスが充血してじんじん痺れる。

「ふ、はぁっ」

指先でぷっくり膨れたクリトリスを突つくと、子宮口まで鋭い喜悦が走り、軽く達してしまった。

膣奥がざわめき、強い刺激を求める。

奥だ、奥が欲しい。奥が満たされたい。

それまで、オナニーでいじるのは膣口の浅瀬だけだった。

クリトリスの裏側のGスポットを指で突き上げれば、たやすく快感を得ることができたし、やはり最奥まで指を突っ込むのは躊躇《ためら》いがあったのだ。

だが、今はそれでは足りない。

「あ、あぁ、欲しい……もっと……」

頭の中で、見知らぬ逞しい男に抱かれる妄想に耽る。

百合香はもどかし気にパンティを脱ぎ捨て、両足をはしたないほど開いた。

手の平全体で膣壁を押し広げるようにして、思い切り突っ込んだ。

「はあぁ、あ、は、はぁっ」

指の根元まで深く呑み込んだ。

ぐうっと灼け付くような快感が迫り上がる。

「はあ、あ、いい、ああ、いい……」

背中を流しのキャビネットに押し付け、白い喉を仰け反らして喘いだ。

左手で蜜口を大きく広げ、右手をふかぶかと挿入して、ぐちゃぐちゃと掻き回した。感じ入った弾力ある媚肉が、指を強く押し返してくる。

「んふぅ、う、は、あぁ、はぁっ」

ぐぐっと子宮口が下りてきて、指先に当たるような気がした。そこをぐっと尽き上げると、下腹部の奥の奥から、深い愉悦が湧き上がった。

「あぁあ、あ、気持ちいい……あぁ、や、だめ……っ」

ぎゅっと閉じた瞼の裏が、淫悦で真っ赤に染まる。

「あぁあ、あ、あ、あぁぁぁっ」

全身が硬直し、ずるずると床に倒れ込んだ。

足がびくつき、積み上げた札束を蹴り飛ばし、ばらばらと床に札束が崩れた。

「んん、んんんう、イク……っ」

膣奥に手を突っ込んだまま、身体を胎児のように丸めてびくびく痙攣させ、達した。

「ふはぁ、は、はぁ、は……」

冷たい床に顔を押し付け、肩で息をする。

ぼんやり目を開くと、札束が一面に散らばっている。

札束の海に溺れたように、百合香はせわしない呼吸を繰り返した。

第二章　シャンパンに溺れて

結局、圭吾は帰宅せず、翌朝になって携帯にメールを寄越してきた。

「接待が遅くなって、近くのビジネスホテルに泊まったから、このまま出社する。今夜は早めに帰る」

メールを読みながら、百合香は苦く笑った。

（愛人とよりを戻し、彼女の部屋に泊まったから、このまま出社する――って、ことね）

いつもなら気持ちがどんより落ち込むのに、今日は受け流すことの出来る自分に驚く。

掃除機をかけながら、キッチンの納戸の奥に押し込んである三億円入りのキャリーバッグのことを思う。あれを思い浮かべるだけでなぜか気分が高揚するのだった。朝からあちこちのニュース番組を見たが、あの金がらみだと思われる事件の報道はなかった。

（もうちょっとだけ、様子を見よう……）

三億円をどうするというわけでもないが、大金を隠し持っているという気持ちは、妙にスリリングでわくわくした。

百合香はひととおり家事を終え、紅茶のカップを片手にテレビのワイドショーを眺めた。

「美人社長の華麗な夜！」

というタイトルで、化粧品会社を経営する女性の暮らしぶりが流されている。

自分で会社を興し、今や年収一億円というその独身女社長のアフターファイブは、信じられないくらい派手なものだった。

行きつけの美容院で一流のヘアメイクを施され、ブランドのドレスに身を包み、夜な夜な都心に繰り出し、ホストクラブでどんちゃん騒ぎを繰り返す。

美貌のホストたちに女王のように囲まれ、高額なボトルを幾つも入れ、乾杯を繰り返し、派手に歌い騒いでいる。夜明けまでホスト遊びに耽ったその女社長は、最後にその日の支払いをする。シャネルのバッグから、分厚い札束を取り出したのには、百合香は目を丸くした。

「彼女のその晩使った金額は、なんと三百万円！」

おどけたナレーションの声。

テレビ画面の中の女社長は、ホストたちに抱き上げられ、満面の笑顔でこちらに向けてピースサインをした。

百合香はおもむろにリモコンを摑んで、ぷつっとテレビを切った。

妙な怒りがふつふつと胸の底からこみ上げる。

「なに、あの女……」

その女社長が自分の金をどのように使おうと、百合香には関係のない話だった。だが、百合香が承服しかねたのは、その女社長がタイトルほどには美人ではなかった、ということだった。確かに金をかけ、念入りにメイクを施している。だが、つけまつげやまつげエクステを取り、厚塗りの化粧を落としてしまえば、ごく平凡な顔立ちだと、同じ女性である百合香には容易に想像できた。

（あれなら、私の方がよっぽど美人よ）

今まで、そんなことを思ったこともなかった。

（お金をかければ、綺麗になるんだ）

自分でも理由のわからない焦燥感にかられる。

百合香はそんな気持ちを振り払うように首を振って、冷めた紅茶を飲み干した。

（馬鹿ね――私にはお金なんかないし……いや、でも三百万×百回で三億か……）

百合香はキッチンの納戸の方を見ないようにして、風呂掃除をしようと立ち上がった。

百合香のたがが外れたのは、一週間後のことだった。


「今日から明後日まで、大阪で新規の取引があるんで、行ってくるよ」

圭吾が朝食の席で、さりげなく言った。

「あ、そうなの。着替えとか、用意する？」

百合香が尋ねると、圭吾はスマホの画面をのぞきながらうなずいた。

「うん、頼む。下着と洗面具くらいかな。あ、俺のひげ剃りは入れといて。あれじゃないとひげ剃り負けするんだ」

「わかったわ」

百合香は食事途中で立ち上がり、クローゼットから小さめの旅行バッグを取り出して、圭吾の荷物を詰め始めた。洗面所に行き、夫の電動ひげ剃り機を探したが、充電器が見当たらない。

「あなた、充電器、どこにしまったの？」

ダイニングに戻ると、圭吾の姿がなかった。

飲みかけのコーヒーとスマホがテーブルに置きっぱなしだ。玄関横のトイレの方で、圭吾の鼻歌が聞こえた。

「なんだ、トイレか」

洗面所に戻ろうとして、ふと圭吾のスマホの画面が目に入った。それまで圭吾は、トイレにもスマホを持ち込んでいたので、目にする機会がなかった。

ロック画面に、次々とＬＩＮＥのメッセージが上がってきていた。

「みーこ：温泉たのしみ～」

「みーこ：けーたんと露天風呂、入ろうね」

「みーこ：あ、混浴じゃないかな、へへ」

心臓がばくんと跳ねた。

全身の血が、さーっと踵《かかと》まで引いていくような気がした。

顔を背け、洗面所に駆け込んだ。

動悸が早くなり、頭がくらくらとした。

(女と、温泉旅行にいくんだ……!)

いつも用心深くスマホを百合香に見せないようにしていたのに、今日はたまたま油断したのだろう。

(見なければよかった)

推測の域を出なければ、圭吾の浮気は我慢できた。

だが、実際にあんな生々しい会話を目にすると、ショックは大きかった。

圭吾がトイレから出てくる気配に、素早く洗面所に戻った。そのままぺたりと床に腰を下ろし、呼吸を整えようとした。

「おーい、もう出るぞ」

圭吾がのんびりした口調で廊下の向こうから声をかけてくる。

百合香は深く息を吐いた。

「はあい」

ひげ剃り機を入れないままで、旅行バッグを力任せに閉じた。

玄関で靴べらを使っている圭吾に、さりげなく旅行バッグを差し出した。

「行ってらっしゃい」

「ああ。土産でも買ってこようか?」

いつになく明るい様子で気づかいを見せる夫に百合香はいつもの口調で答える。

「そうね、温泉まんじゅうがいいわ」

一瞬、圭吾が目を見開いた。百合香は表情を変えないように努めた。

「大阪だからな、温泉はないかもな」

「あ、そうか。ごめんなさい。じゃ、なんでもいいわ」

圭吾はわずかに眉を顰《ひそ》めたが、黙ってそのまま出ていった。

百合香は動悸がおさまらなかった。

血の気が失せるほど拳を握りしめていると気がついたのは、しばらく経ってからだ。

「けーたん……」

声に出して言ってみる。

ふいにくくっと笑いがこみ上げてきた。

「いい年のオジさんのくせに、なにがけーたん、よ」

百合香はそのままリビングに行き、キャビネットの上に置いてあるノートパソコンを開いた。

いつもは料理のレシピなどしか検索しないのだが、今日は違った。

「原宿　サロン・ド・ダイアモンド」

先日テレビで見た、美人女社長が行きつけだというヘアサロンだ。ホームページに飛んで、連絡先を調べた。有名ヘアデザイナーだという店長は、何カ月も先の予約が入っているとテレビでいっていたが、思い切って電話をかけてみる。するとちょうどキャンセルが入ってしまい、今なら店長の指名ができるという。

「わかりました。すぐ、行きます！」

思わず答えていた。

立ち上がった百合香は、上着を羽織りバッグを手にした。キッチンの納戸に行き、米袋の後ろに押し込んであったキャリーバッグを開けた。

ごくんと生唾を呑み込み、札束に手を伸ばした。

(今日だけ。今日だけ——自由になりたいの！　後で返しておくから)

札束を三つ摑み、バッグの底に押し込んだ。

そのままマンションを飛び出し、タクシーを拾って原宿通りにある「サロン・ド・ダイアモンド」に駆けつけた。ドイツの高名な城を模したという模造大理石を張り巡らせた店の外観は、いかにもセレブ御用達といったところだ。

開店早々なのに、すでに店は満席だった。

自動ドアをくぐると、洒落た服装の若い美容員が丁重に挨拶した。

「いらっしゃいませ。店長をご指名の西田様ですか？」

「あ、はい、そうです」

「どうぞこちらへ」

店の奥のブースへ案内される。

店内は吹き抜けの天井で、どこもかしこも磨き上げられた鏡張りだ。客層は一見して金持ちのマダム層で、朝だというのにパーティーにでも出るような派手なドレス姿の者も多い。百合香は、ユニク○のシャツとスカート姿の自分が、いかにもみすぼらしく、その場で逃げてしまいたい衝動にかられた。

「お待ちしていました。初めて、でございますね」

ブースの中で、虹色に光る派手なシャツを着込んだ、イタリア人かと見間違うばかりのバタ臭い顔立ちの店長が、真っ白い歯並びを見せて笑いかけた。

「は、はい……」

最初の気負いはどこへやら、おどおどと声が震えた。

クッションのきいた椅子に座らされ、店長が百合香の髪に触れながら、鏡の自分に笑いかける。

「本日は、どのように？」

百合香は、鏡の中の化粧気のない青白い顔の自分に、言い聞かせるように声を張った。

「あの……お任せでいいので、思い切りゴージャスな髪型にしたいの。明るく染めて、柔らかくウェーブをかけて……あと、メイクも頼めるなら、その……別人みたいに綺麗にして欲しいわ」

店長がにっこりする。

「なるほど、イメチェンというわけですね。お任せ下さい」

百合香はほっと息を吐いた。

（そうよ、別人になるんだわ）

伸ばしっ放しの黒髪を明るいナチュラルブラウンに染め、軽くシャギーカットを入れて毛先だけ大きくカールするようにパーマをかけた。

それだけで、驚くほど華やいだ雰囲気になった。

「やだ、私じゃないみたい」

でき上がった髪型に息を呑むと、店長がメイク担当の美容員に指示を出しながら、首を振る。

「まだまだ、これからですよ」

睫毛パーマをかけ眉毛を整え顔剃りをし、下地クリームから何種類も丁寧に塗っていく。他人の手で化粧されるのはまるで女優にでもなったようで、気持ちが高まってくる。

「奥様、とても肌理の細かい白いお肌で、お化粧の乗りがとてもいいです。うらやましいですわ」

メイク担当のお世辞も、まんざらでもないと思える。

最後に深いガーネット色の口紅に、艶出しのグロスを塗って仕上げた。

「うわあ、お綺麗ですよ！　ごらんになって」

太いブラシで軽く顔の粉をはたいたメイク担当が、声をかけた。

少し目を伏せていた百合香は、おそるおそる顔を上げ、鏡を見た。

「——！」

艶やかな美女がそこにいた。

黒目がちの目元はぱっちりとし、オレンジ系のアイシャドーとチークが白い肌を際立たせ、少しぷっくりした唇は紅く濡れたように光っている。

なるほど、化粧の魔法とはこういうものか、とつくづく思った。

「すごいわ——別人みたい……」

瞬きも忘れ、鏡に見入った。

「とんでもございません。お客様はもともとお顔立ちがお綺麗だったんですよ。これでもナチュラルメイクに近いので、ご自分でも充分作れますよ」

百合香はどこか上の空で、メイク担当の声を聞いていた。

会計は十万近くかかったが、金が惜しい気はしなかった。すすめられるままメンバーズカードを作り、店長に「また御贔屓に」と、見送られて店を後にした。

街路のそよ風が、セットしたての髪を心地好くなびかせる。

（せっかくセットとメイクをしたんだから——）

百合香はその足で、新宿の老舗のデパートに向かった。

高級婦人服売り場の階に行き、今まで名前だけしか知らなかった海外ブランドの店に思い切って入る。

服を選ぶ振りをしながらそっと値札を見ると、薄手のブラウス一枚が七万円もしてびびってしまった。今身に着けている服など、全部合わせても一万円もしない。慌てて店を出ようとする前に、ブランド服を着こなした店員に捕まってしまった。

「お客様、なにかお探しでしょうか？」

営業スマイルを浮かべた店員は、髪の毛から爪先まで隙のない着こなしと化粧だ。髪の毛とメイクだけばっちり整え、安物の服を着ている自分がますますみっともないと思った。

「あの……できれば、私に似合うものをひとそろい、見ていただければ……」

たちまち店員は平身低頭の態になった。

「かしこまりました。お客様くらいお綺麗な方なら、うちのブランドのどの服でも、お似合いですよ」

試着室に案内され、店員が持ってくる服に次々着替えてみた。

やはり高名なブランド物はデザインも縫製も格段に違っていて、百合香の身体の線を美しく引き立てる。

「これなどいかがですか？　春の新作なんです」

店員がそう言って差し出したのは、ベビーピンク色の膝上のミニのツーピースだった。今までそんな明るい色の服を着たことのない百合香は、戸惑う。膝上まで足を見せるスカートなど、学生以来穿いたこともない。

「こんなの、私にはとても……」

そう言いつつも、試着だからとすすめられ、着けてみた。

ぴっちりしたデザインで機能的とは言いがたいが、ウエストをきゅっと締めてあり、スタイルをよく見せるようにできている。

「あら、すごくお似合いですわ！」

店員が両手を打ち合わせて、褒めた。

百合香は姿見の自分をまじまじと見た。

(私の足って、こんなに形がよかったかしら……)

バストはあくまで豊かにウエストは細く、メリハリの利いたデザインのせいか、何倍増しで格好よく見えた。

そこには、かつて百合香が夢見ていた、東京のセレブ夫人そのものが立っていたのだ。

「靴は、こちらが合いますよ」

差し出されたパール色のハイヒールを穿くと、ふくらはぎがきゅっと締まり、背すじがぴんと伸びて姿勢までよくなった。

百合香はうっとりと自分に見惚れた。

そして、ついつぶやいていた。

「これ、全部いただくわ」

靴と同色の大きめのバッグも購入した。

総額で百万円を超えていた。お金はこんなにも簡単に使ってしまえるものか、と我ながら呆れた。

かつかつとヒールの音を響かせてデパートから出ると、世界の色が一変していた。

街は生気にあふれ、生まれ変わった百合香を祝福するように何もかもが輝いて見えた。

歩道に佇む彼女を、通りすがりのサラリーマンたちがちらちらと視線を送ってくる。それが擽ったく、嬉しい。

今まで自分が他人の視線を集める存在だとは、思ってもみなかった。

(すごいわ——今の私なら、何でもできそう……)

百合香は深く息を吸い込む。

すでに夕刻にさしかかっていた。

(あ、いけない。夕飯の買い物に行かないと……)

慌てて駅に向おうとして、圭吾は明後日までは帰ってこないことを思い出した。

（今頃、あの人は「みーこ」と露天風呂でしっぽりしているのかしら）

むかっ腹が立つ。

（いいわ、今日は一日遊んでやる）

百合香は決心して、タクシーに手を上げた。

乗り込んだ彼女は、行き先を告げる。

「六本木の『カルディア』へ」

「カルディア」は、先日のテレビであの女社長が豪遊していたホストクラブだ。

夜の都会の遊び方などわからない百合香は、取りあえずあの女社長と同じことをしてみよう、と思ったのだ。

ホストクラブどころか、出歩くことすら滅多にしない百合香にとって、夜の六本木など、まるで外国のようだった。

煌めくネオンと高級車、金のかかった服装の男女――。華やかな喧騒なのに、どこか空気が淀んでいる。金と欲望の黒い匂いがする街だ。

「カルディア」は六本木交差点にほど近い、一等地に立つビルの地下一階にある。

タクシーから降りて、意外にこぢんまりとしている地下への階段の前で、百合香は棒立ちになっていた。

勢いでここまで来たものの、店内に入る勇気までは出なかった。

酒の席で遊び慣れていない自分が、手練《てだれ》のホストたちに囲まれて寛いで楽しめるとは想像しがたい。酒もあまり飲めないのだ。何を話していいかもわからない。

(とことん田舎者よね、私……)

美しく外観を装ったところで、中身まで早々変わるものではないのだ。

(でも、今日の私はいつもと違ったことが沢山できた――三億円のせいかしら。でも、もう充分、かもしれないな)

踵《きびす》を返そうとしたときだ。

「お姉さん、ひとりなの？『カルディア』に遊びにきたの？」

ふいにひとりの青年から声をかけられた。少年っぽさの残る、少し舌足らずの声だ。

振り返ると、ダークスーツに身を包んだ長身で細身の青年が立っている。

二十代前半だろうか。柔らかそうな茶髪を長めに伸ばし、テレビに出てくるアイドルグループのような端整な面立ちだ。くりくりした黒目が人懐っこい感じで、どこか死んでしまったマロンの表情を思い出させた。

「あ、あの、私は……」

口ごもっていると、その青年はいきなり顔を間近に寄せてきた。

甘い息の香りと整った顔に、心臓がどきどきする。

青年はそれが癖なのか、少し首を傾げるようにして百合香の顔をまっすぐ見つめてきた。

「初回は二時間遊んで、五千円ぽっきりのコースがあるんだ。ね、遊んでいってよ。それで、僕を指名してくれたらうれしいな。僕、タクヤっていいます」

そっと片手を取られた。しなやかな若い指だ。

「いえ、あの私、お酒もあんまり飲めないし……」

「平気平気、ソフトドリンクで楽しんでるお客さんもいっぱいいるから」

少し強引に引っ張られ、おそるおそる青年の後から狭い階段を下りていった。

スモークガラスの自動ドアが開くと、そこは別世界だった。

思ったよりずっと広いフロアは、程よく灯りを落とした落ち着いた雰囲気で、壁もソファもテーブルもモノトーンで統一され、シックな雰囲気だ。

そこここのブースに、着飾った女性客が華やいだ声を出し、その回りをイケメンのホストたちが賑やかに囲んでいる。

「いらっしゃいませー、ようこそカルディアに！」

テーブルについていなかったホストたちが、いっせいに入り口に並んで百合香を迎えた。少年っぽいタイプからアダルトな雰囲気まで、綺羅星のごとくイケメンが並んでいる図に、百合香は目眩を起こしそうだった。

「ご新規さんですか？　どうぞ、どうぞ。初回コースで気兼ねなく楽しんでいってくださいね」

並んでいるホストの中で、リーダー格らしき軟派な感じの金髪のホストが、恭《うやうや》しく頭を下げる。彼は百合香の手を引いていたタクヤに、打って変わった厳しい声で言う。

「おいタクヤ、お前は売れねえ下っ端なんだから、表でせっせと勧誘してこねいか！」

タクヤの目元がぱっと赤く染まる。彼は百合香の顔をちらりと見てから、手を離すと無言で階段を上がっていった。

ひとり残された百合香が戸惑っていると、金髪のホストが極上の笑みを浮かべる。

「どうぞ、こちらへ」

奥の少し狭いブースに通され、ソファに腰を降ろすと、金髪のホストが床に片膝をついて名刺を差し出した。

「私はフロアチーフの一星《いっせい》と申します。御贔屓に」

おずおず名刺を受け取った百合香は、深々と頭を下げた。

「百合香です、こちらこそよろしくお願いします」

一星が、ははっと弾けた笑い声を上げた。

「百合香さん、お客様なんだから、そんなにかしこまらないで。ヘルプに、雅《まさ》とマイケルを付けますから、どうぞリラックスして。お飲物は、初回サービスでシャンパン一杯無料ですから」

流れるような一星の言葉に飲まれ、ぼんやりしているうちに、左右に目元の涼しい雅と、西洋人とのハーフらしいマイケルが座った。

「百合香さん、今日はお誕生日かなにかでここに？」

「え、いえ」

「百合香さん、ウツクシイですね。ボク、くらくらしちゃう」

「そ、そんなこと……」

左右からかわるがわる声をかけられ、異性との会話に慣れていない百合香は緊張してしどろもどろになる。

咽喉がからからになり、運ばれてきた泡立つシャンパンのグラスを差し出されると、一気にあおってしまう。

「おお、いい飲みっぷり」

「さあさあ、もっとモリアガリましょう」

雅とマイケルが手を打ってはやし立てる。

シャンパンが胃の中で、かあっと熱く燃え上がる。酒に弱い百合香は、あっという間に酔っぱらい、思考がまとまらず気持ちがふわふわしてきた。

「私ねぇ、宝くじが当たったのよぉ」

すすめられるまま、ビールを口にし、百合香は白い頬を染めてでまかせを言う。

「わあ、そうなんですか、すげぇなぁ」

「イクラ当たったの?」

百合香はソファに背をもたせかけ、足を組んだ。そんな悩ましいポーズを取ったのは、生まれてて初めてかもしれない。百合香は指を三本立てて、悪戯っぽくウインクした。

「三、億、円」

雅とマイケルが、おおっと歓声を上げる。

「年末ジャンボですか？」

「ものすごいラッキーガールね」

百合香は気持ちがどんどん大きくなるのを感じた。自分が本当に宝くじで大金を当てたような気になってしまう。

「そーなのー。私、すごいラッキーなのよぉ」

テーブルを通りかかった一星が、小耳に挟んだのか話の輪に入ってきた。

「なになに？　百合香さん、三億円当てたの？」

「うふ。だから、今夜はそのお祝いなの」

三億と聞いて、一星の目がきらりと光ったように見えた。彼はマイケルを押しのけて、百合香の側にぴったりと座ると、背中をかがめて下から掬い上げるように百合香を見た。近くで見ると、一星は女のように化粧をしていた。

「そうなんだ。じゃぁ、今夜はじゃんじゃん遊んでいってよ。ね、指名したいホストいたら、好きな子呼んじゃって」

一星がさっと、メニュー表のようなものを差し出した。

この店のホストの写真とプロフィールがずらりと並んでいる。

「今月の売れっ子ホストベスト10」の欄の五位に一星がいる。

「ナンバー1と2と3は、ちょっと御贔屓さんがついちゃってて、今は無理なんだけど――」

一星の口調には、明らかに自分を指名して欲しいというニュアンスがあった。

百合香は隅々まで表を眺め、一番端にタクヤの小さい写真を見つけた。

写真の彼は、少し哀しそうな表情で映っている。それも、死ぬまぎわに百合香を見上げたマロンを彷彿とさせた。

「この子は……」

百合香がタクヤの写真を指差すと、一星があからさまに見下した表情になる。

「あ、そいつ、表で客引きしていた。まだ新米でさ。ホストのくせに会話がへたくそで、スマートじゃないというか、見込みないいんだよね」

百合香はじっとタクヤの写真を見つめ、きっぱりと言った。

「この子がいいわ。タクヤ、この子を呼んでちょうだい」

一星は不服気な目をしたが、口調は明るく言った。

「オッケー」

一星が側のマイケルに目配せし、彼が表に上がっていった。ほどなく、マイケルに連れられて、タクヤが席に現れた。彼の頰が紅潮している。

「ああ、お客様、ご指名感謝します！」

「いいのよ、座って」

タクヤが遠慮がちにソファの端に腰を降ろすと、百合香は自分の隣をパンパンと叩いた。

「ここ、こっちに」

タクヤはちらりと一星の顔色を窺ったが、すぐに席を移動して百合香の側に座った。

「おいタクヤ、ぐずぐずしていないで百合香さんにお酌しないか」

一星が不機嫌な声を出すと、タクヤはテーブルの上の酒瓶やグラスを見て、首を振った。

「ちょっと、ここ、ミネラルウォーターください」

タクヤは通りかかったボーイに注文してから、百合香に生真面目に言った。

「お客様、お酒弱いって言ってたでしょ。ひゃっこい水を飲みながらの方が、悪酔いしないから」

百合香はぽかんと彼の顔を見た。なんだか弟に叱られたような気持ちだった。

「おいタクヤ、興ざめなこと言うな。百合香さん、こいつ、こういう失礼な奴で――」

一星が馬鹿にした声を出した。百合香はその声を無視して、じっとタクヤを見つめた。

「私は百合香よ。そう呼んでね」

タクヤは恥ずかしそうに顔を伏せた。

「はい、百合香さん」

百合香はふいに周囲のホストたちに言った。

「しばらく、タクヤと二人でお話したいの、いいでしょ？」

一瞬、一星たちの顔色が変わったが、さすがにプロの彼らはすぐににこやかにうなずき、ブースを去った。

タクヤはきょとんとしたように百合香を見る。

「いいんですか？　僕だけで――僕、まだうまく会話ができなくて」

「それは私もよ。ね、あなた、T県の出身？」

タクヤの色白の頬が、赤くなる。

「どうしてわかったんです？　完璧な東京語のつもりだったのにな」

百合香はくすっと笑った。

「ちょっとだけ、ニュアンスがね。それに、ひゃっこいお水、なんて言うから。なつかしかったわ、その言い方。私もね、T県のはずれの出よ」

「あ――しまったなあ」

タクヤは照れくさそうに頭を掻いた。その仕草が少年のようで、百合香の胸がきゅんと甘く疼いた。

二人は最初、故郷の話などぽつぽつとしゃべった。

タクヤも漁村育ちで、ずっと東京に憧れ、親の反対を押し切って東京の大学を受けた。学費を自分で稼ぐために、この稼業に入ったという。

「でも、都会は厳しいです。ぼうっとしていると、たちまち堕ちてしまう。地元では、僕も結構もてたんだけど、東京には僕が逆立ちしたってかなわないくらい、洗練された美男子がぞろぞろいて……。僕みたいな田舎者、とてもかなわないです」

「あら、あなたの魅力は、その素朴なところよ」

客である百合香の方が、タクヤの愚痴を聞いている。しかし、誰かに悩みを打ち明けられたり、頼られたりするのは、ひどく心地好いものだった。

「うれしいなぁ、そんなこと言ってくれるの。百合香さんだけだ」

少し酔いの回った口調で、タクヤがぎゅっと手を握ってきた。

百合香の脈動が速まる。

(可愛いわ……)

百合香は黒目がちのタクヤの瞳を見つめた。

「ねえ、百合香さん、お願いしても、いい?」

口の中で飴でも転がしているような、甘い口調だ。

「なにかしら?」

「あのね、ドンペリをひと瓶入れて欲しいんだ。一番安いホワイトでいいからさ。まだ店で成績が上げられてないからさ」

百合香はホストクラブの習わしがまだよくわからなかったが、テレビでは例の女社長が高いボトルを入れて、ホストたちに喝采を受けていたことを思い出した。

「一番安いの?　いくらくらい?」

「うん――五万……」

ちらりとタクヤが窺うように見上げた。

百合香はにっこりする。一番安いシャンパンをすすめる彼の控え目さが、ますます可愛いと思う。

「もっと高いのがあるのね」

「うん――ピンクが十万で、ゴールドが三十万……プラチナは、七十万」

酒をあまり嗜《たしな》まない百合香には、ただの液体にそんな破格の値段がつくことが不思議だった。だが、タクヤの顔を立てたかった。

「そうなの、じゃ、思い切ってプラチナ、入れようかな」

タクヤは酔いが冷めたように、目をぱちくりさせた。

「百合香さん、大丈夫なの？　ボトルキープとかじゃなく、その場で一気飲みするんだよ。無理しないで」

「一気飲みはできないわ。少しだけ口をつけるから、残りはあなたが飲んでちょうだい」

「ほ、ほんとに、いいの？」

タクヤが口ごもる。

百合香は深くうなずいた。バッグにはまだ百万以上あった。全部使いきってもかまわないと思った。

「ああ、ありがとう！　百合香さん、一生感謝です！」

ぱっとタクヤの表情が明るくなる。

彼はすっくと立ち上がると、よく通る声で叫んだ。

「十番テーブル、百合香さん、プラチナボトル、いただきました！」

どよっと他のブースの客とホストたちがどよめいた。

さっとボーイが恭しく、クリスタルのワインクーラーに入れたシャンパンのボトルを掲げて持ってくる。

ふいに天井のミラーボールが眩しいほど輝いて回り出し、アップテンポの明るい曲が大音量で店内に流れた。

「わっしょい、感激！」

タクヤがしなやかな身体を、リズムに乗せて揺らしだす。

それを合図に、ブースにいたホストたちが、いっせいに身体を揺らしながら百合香のブースに集まってきた。

百合香は息を吞んでその光景を見ていた。

「それ、それそれそれ！　今宵、百合香姫にシャンパンコール、百合香、百合香、百合香、わっしょい！」

ホストたちが取り囲み声を合わせ、百合香をはやし立てた。

まるで女王様にでもなったような気分に、百合香は陶酔した。

タクヤがシャンパンの栓をぽーんと景気よく抜いた。

しゅわしゅわと真っ白い泡が溢れ、タクヤの手を濡らした。

「さあさあ、百合香姫、どうぞひと口、夢の酒を味わってください」

タクヤが差し出したボトルを、百合香は思わず受け取った。

百合香を囲んで、ホストたちのコールが盛り上がる。

「はいそーれ、そーれ、一気、一気、そーれそれ！」

勢いに飲まれ、百合香はボトルに口をつけ、ごくりと呷《あお》った。濃厚で爽やかなシャンパンが、咽喉をするすると通り過ぎていく。コールが尻上がりに大きくなる。身体がかあっと熱くなる。

「そーれ、そーれ、そーれそれ！」

さすがに飲みきれず、そばのタクヤにボトルを手渡す。タクヤはボトルを受け取ると、百合香の肩に片手を回して自分に引き寄せた。引き締まった青年の身体の感触に、心が躍る。

「百合香姫からいただきました。美しい姫に身も心も捧げます、では、いきます！」

タクヤはボトルに口をつけると。ぐいっと顎を仰け反らせ、ごくごくとシャンパンを飲み干した。その顎から咽喉元にかけてのラインが美しい、と百合香は胸が甘く痺れた。

「そーれ、一気、一気、そーれそれ！」

店中の客もホストも、賑やかに手拍子とコールを繰り返した。

タクヤはあっという間にボトルを飲み干し、ぷはぁっと深い息をついた。空になったボトルを、彼は優勝トロフィーのように掲げた。

わあっと拍手と歓声が渦巻く。

「百合香さん、大好き！」

ふいにタクヤが百合香の唇を覆った。

柔らかな唇の感触とシャンパンの芳香に、百合香はくらくらした。

いきなり唇を割られ、タクヤの舌が押し入ってきたとき、百合香は拒まなかった。

目も眩《くら》むイルミネーション、音楽と歓声、シャンパンの香り、タクヤの熱い舌の感触――百合香はまるで自分が甘い夢の中にいるような気がした。

身体中の血が熱く沸き立ち、胸がはち切れんばかりにわくわくどきどきし、我を忘れていた。

その後の記憶は、万華鏡を覗いているようにくるくる混乱していた。

酔いと勢いに任せて、プラチナの後に、もう一本ゴールドシャンパンを入れてしまった。タクヤの無邪気な喜びように、百合香は今まで感じたことのない満足感を覚えた。午前一時までどんちゃん騒ぎを繰り返し、営業一部の閉店時間に清算を終えると、バッグの中の現金はほぼ無くなってしまった。

酔いでふらつく足取りで店を出る時には、ホスト全員がずらりと並んで見送ってくれた。タクヤは百合香の腕を支え、街路まで付き添ってくれた。タクヤがタクシーを拾っている間、百合香は彼に身をもたせかけ、ため息をついた。

「今日は本当に楽しかったわ。こんな幸せな時間、もう一生ないわ」

「そんな寂しいこと言わないでよ、百合香さん。また来てよ」

タクヤがせつなそうな表情をする。

それが営業用の顔だとわかっていても、百合香の胸は掻きむしられた。

「だって、私、一晩だけのシンデレラだもの。もう、お城の舞踏会の時間は終わったわ」

百合香はポソリとつぶやき、止まったタクシーに乗り込んだ。

「じゃ、頑張ってタクヤ。都会の荒波を乗り切ってね」

シートから身を乗り出して声をかけると、ふいにタクヤが身体を押し込むようにして、乗り込んできた。

「あ……」

戸惑っているうちに、タクヤが運転手に声をかけた。

「歌舞伎町へ」

タクヤはぎゅっと百合香の肩を抱き寄せ、耳元で密やかにささやいた。

「二部の開店時間まで四時間ある。あなたと、ずっといたいんだ」

熱い息とともに耳穴に吹き込まれた言葉に、百合香の四肢が甘く痺れた。じくっと下腹部の奥が疼いた。

「タクヤ……」

もはやどうとでもなれ、という投げやりな気持ちとどうにかなりたいという切実な想いが交錯した。

歌舞伎町で下りた二人は、しっかり手を繋ぎ、一番最初に目に入ったラブホテルに飛び込んだ。

百合香が少しだけ我に返ったのは、薄暗く狭いホテルの部屋のほとんどを占めている丸いベッドの上で、タクヤに買ったばかりのブランドのスーツを脱がされている時だった。

「あ、待って……」

タクヤの手がブラウスのボタンにかかったとき、百合香は慌てて身を引いた。

「どうして？　ここまで来て？」

タクヤが性急に引き寄せてこようとしたので、百合香は首を振った。

「ち、違うの……じ、自分で脱ぐから……」

背中を向けてボタンを外し始めると、タクヤは、ほっとしたように自分も衣服を脱ぎ出した。

実のところは、安っぽい通販の下着を着けているのが恥ずかしかったのだ。いつもの格好で出てきて、スーツやハイヒールは高級な物を身に着けたが、下着までは気が回らなかった。よもや、こんなことになるとは予想していなかったせいもある。

ブラジャーとパンティをそっと外すと、急激に心もとなさに動悸が高まった。

（ど、どうしよう……私ったら勢いでこんなところに来ちゃったけど……夫以外の男と、こんなこと……どうしたらいいの？）

圭吾に対する後ろめたさより、果たして他の男とセックスすることができるのだろうか、という不安の方が大きかった。夫しか知らない自分のような女に、タクヤのように若い男が満足できるものだろうか、という危惧に身が竦む。

「百合香さん——」

おもむろに背後から抱きすくめられ、百合香はびくんと肩を震わせた。背中に男の素肌がぴったり触れる。若者らしい硬く引き締まった筋肉の感触に、脈動がどんどん速まってくる。

「わ、私……私、こんなこと、初めてで……うまくできないかも……あの、タクヤをがっかりさせるかも……」

緊張のあまり身体が小刻みに震えてくる。

「なんで？　僕があなたを欲しいのに——」

タクヤが耳朶を甘く噛み、低い声でささやく。

「あ……」

そのまま仰向けにベッドに引き倒された。

「ま、待って。せめてシャワーを……」

「待てないよ。このままでいい」

部屋の灯りを落としてあるが、全裸を見られるのが恥ずかしくて、全身がかあっと熱くなった。思わず両手で顔を覆った。

「あまり、見ないで……オバさんだから」

「そんなことないよ、綺麗だ」

タクヤの身体がゆっくりと覆い被さってくる。ひんやりした肌に、背中に怖気《おじけ》にも似た戦慄が走る。

ちゅっちゅっと耳朶から首筋、肩甲骨へとキスをされる。

「あ、あ」

タクヤの高い鼻梁が乳房の狭間を撫でると、ちくんと乳首が尖ってしまう。

「柔らかい」

タクヤがつぶやき、乳房を顔で撫で回し、凝った乳首を口腔に含んだ。

「ん、んんっ」

乳嘴《にゅうし》をぬるりと舌が舐《ねぶ》ると、鋭い喜悦が下肢に走った。交互に乳首を口に含まれ、柔らかく吸い上げられ、あっという間に下腹部が脈打つように熱く疼き、とろりといやらしい蜜が溢れてくるのがわかる。

「感じる？　気持ちいいの？」

タクヤは百合香の反応を確かめるように、顔を上げる。指で尖りきった乳頭を摘まみ上げたり、少し強めに抓《つね》ったりした。心地好さと痛みが絶妙な塩梅《あんばい》で、百合香は悩ましく喘いだ。

「んんぁ、あ、気持ち、いい……」

タクヤが少し強めに乳首を嚙んできて、その甘い痛みに子宮がじんと疼き、腰がもじもじした。

「痛、あ、嚙まないで……あぁ、あぁん」

「痛いのが、気持ちいいみたいだね」

タクヤはひりつく乳嘴を指で揉みこみながら、ゆっくり顔を下へ下ろしていく。ウエストのラインを舐められると、ぞくぞくっと震えが走った。そのまま、臍を舐められた瞬間、腰がびくんと跳ねた。

「きゃ、やぁっ、だめっ、そこ……っ」

「お臍が感じる？　可愛いね」

タクヤは薄く笑い舌の先を尖らし、臍の周囲を円を描くように丹念に舐め回した。むず痒いようないてもたってもいられないような感覚に、腰が蕩けそうになる。

「んんぅ、あ、やぁ、だめ、いやぁん、やぁあん」

信じられなかった。臍に性感帯があるなどと、知りもしなかった。そもそも、圭吾の愛撫は、乳房と性器くらいだったから、自分の身体のどこが感じやすいのかなど、わからなかったのだ。

「お臍、そんなにいいの？　お臍でイキたい？」

タクヤが焦らすように何度も舌をひらめかす。

「やぁっ、もうしないで、あぁ、だめ、ほんと、だめぇ……っ」

臍の刺激が直に子宮に響くようで、百合香は全身を波打たせて身悶えた。

「可愛いったらないね——もっと感じるところを探そうか」

タクヤの顔が、もっと下りてくる。期待にうずうずしている秘裂を、わざと避けるようにして、太腿の狭間にキスを繰り返し、そのまま足を舐め下ろしてくる。

「んん、んんんっ」

膝裏も脹《ふく》ら脛《はぎ》も、タクヤの舌に辿られると、むずむずと疼いた。

足の甲から踵《かかと》まで辿り着き、濡れた舌が足裏を舐める。擽ったさとそれを上回る刺激に、甘い拷問のように全身が戦慄いた。

「やだ、やだぁ、やめて、もうやめて……っ」

タクヤは足指の一本一本を、口に含んで丁重に舌で舐った。

シャワーも使わないまま舐められる恥ずかしさと、こんなところがひどく感じてしまうという驚きに、淫らな悦びがどんどん迫り上がってくる。

もはや全身が性感帯に成り代わっている。自分がこんなにも感じやすかったのかと、快感に痺れる頭の隅でぼんやり思う。

（酔っているせい？　それともタクヤが上手なの？——どっちでも、いい……だって、こんなに気持ちいいんだもの）

「やああ、あ、だめ、も、苦し……辛いのぉ」

媚襞が飢えて、きゅうきゅう収縮を繰り返す。すでに股間がぐっしょり濡れてているのがありありわかり、羞恥で頭が煮え立ちそうだ。

タクヤはゆっくりと足を舐め上げ、やっと股間に辿り着いた。男の息が恥毛をそよがせただけで、淫らな期待にじわっと愛液が溢れた。

「足、開いて——百合香さんのお○んこ、見たい」

「う……や、ぁ」

圭吾以外に秘所を見せたことなどない。恥ずかしくて目眩がしてくる。だが、ちゅっと太腿にキスをされると、もはや情欲の疼きは限界だった。そっと膝を立て、足を開く。こぷりと蜜口に滞っていた愛液が溢れた。

タクヤの長い指が、そっと秘裂を押し開く。緊張で両足に力が入った。

「すごく濡れてる――ひくひくしていやらしいね」

「や……あまり、見ないで……」

汗や愛液が匂うのではないかと、恥ずかしくてたまらない。それがまた興奮を煽り立てる。

媚肉に痛いほど視線を感じ、身体が灼けるように熱くなり、淫猥な気持ちが昂ってくる。クリトリスがずきずき疼き、充血しきって膨れているのがわかる。

ふいに、股間にタクヤの息づかいを感じたと思うや否や、包皮から剝き出しになった花芯をちゅうっと強く吸い上げられた。

「きゃ……ひ、っう！」

あまりの強い快感に、息を呑んで背中を反らせた。一瞬で達してしまう。タクヤは口腔に吸い込んだクリトリスを舌先で転がし、再び強く吸った。

瞼の裏にちかちかと愉悦の火花が飛び、びくんと腰が浮いた。

「だめぇ、だめ、あぁ、あぁあぁあぁっ」

自分のものとは思えないほど、甲高い嬌声を上げてしまう。

タクヤは執拗にクリトリスを吸い上げ、ちゅぶちゅぶと卑猥な水音を立てて、媚肉を舐め回した。

「やめ、て、もう、イッちゃったの、イッちゃったぁ……」

いやいやと首を振り、両手で股間のタクヤの頭を押し返そうとした。

だが彼は両手で百合香の足裏を摑んで、M字型に大きく開き、さらにクンニリングスを仕掛けてくる。

「ひ、は、は、ひ……っ」

あまりに感じ過ぎて快感を通り越し、しばらくは何も感じないで、腰をびくつかせていた。

タクヤの骨張った長い指が、膣口にぬるりと侵入してきて、意識がはっと戻った。

「狭い――処女みたいだ」

「あ、あぁ、あ、も、やめて……お願い、もう、許して……」

クリトリスの鋭角的な快感の連続に、膣腔の奥が物足りなげにひくつき、タクヤの指を引き込もうとうねった。

「ここに、僕のお○んちん、欲しい？」

タクヤが焦らすように浅瀬で指を揺さぶる。

「う、うぁ、あ、だめ、も……ね、ねぇっ」

ねだるように腰をくねらせても、タクヤは無邪気そうに笑うだけだ。

「だーめ、ちゃんと言ってくれなきゃ。お○んちん、欲しいって」

「あ、あぁ、ひどい……意地悪……」

性器の呼称など口にしたこともないのに。だが、満たされたいうえ我慢の限界を越え、百合香はもどかしげに腰を浮かせて、言った。

「お○んちん、欲しい……」

「うん、誰の？」

「あぁ、もうっ、タクヤのお○んちん、欲しいっ」

一度口にしてしまうと、恥ずかしい台詞がすらすらと口から飛び出す。

「タクヤのお○んちん、挿入《い》れて……私のここに……お○んこに、欲しいのぉ」

タクヤがおもむろに身体を起こした。

「よく言えました」

百合香は潤んだ目を見開き、のしかかろうとしているタクヤを見た。

まだ少年ぽさをのこした引き締まった肉体と、それとは対照的に獰猛に屹立した赤黒いペニスが目に飛び込んできた。

ぞわっと全身が欲望で総毛立った。

「挿入れるよ」

その声とともに、長大な男根がずぶりと押し入ってきた。

「あぁ、ああああぁっ」

タクヤの剛直が最奥まで届くと、腰がぶるっと震えた。

貫かれただけで、エクスタシーを極めてしまった。

「もうイッちゃった？」

腰をぴったりと密着させたタクヤが、びくびく戦慄いている百合香の耳元でささやき、頬をすり寄せてくる。少し剃りのこした髭の感触が、顔にすら性感帯があったのかと思うほど、心地好い。

「すごい、奥が吸い付いて——熱い」

タクヤが深い息をひとつ吐き、ゆっくりと腰を穿ち始めた。

「あぁ、あ、あぁあぁっ」

熟れきった媚壁を、硬い亀頭と太い血管が浮いた肉胴でごりごりと擦られると、今まで知らなかった膣奥の喜悦に頭が真っ白になった。

「んん、あ、はぁ、あぁ、気持ちいい、あぁ、すごく、いいっ」

両手をタクヤの背中に回し、ぎゅっと抱きつく。贅肉のない薄い背中は、たるんだ夫のものとは感触がまるで違っていた。

「きつい、押し出されそう——百合香さんのお〇んこ、気持ちいいよ」

タクヤは次第に抽挿を速めながら、腰を押し回すような動きを加え、百合香を何度も高みへ押し上げる。

「あ、あぁ、だめ、また、またイッちゃうっ」

百合香は目をぎゅっと瞑り、タクヤの肉棒の動きに神経を集中した。

呼吸をするたびに勝手に膣襞がイキんでしまい、ペニスの淫らな造型まで手に取るように感じられ、奔流のような快感は高まる一方だ。

「あぁ、あ、また……あぁ、もう、もう、あぁあっ」

子宮口を強く圧迫され、息が止まりそうな絶頂に悲鳴を上げた。

「っ——出そう……百合香さん、一度、出すよ、いい？」

タクヤが切迫した声を出す。

「はぁん、あぁ、来て、あぁ来てぇっ」

百合香は全身を硬直させ、強くイキんだ。

「ああ出す、出るっ……っ」

タクヤが腰を小刻みに揺さぶり、びくびくと最奥で亀頭が震えた。

「あぁあ、やぁあぁあぁっ」

子宮口に熱い白濁の迸《ほとばし》りを感じ、百合香はめくるめく幸福感に全身が痺れた。

それは、今まで味わったことのない、眩しいくらいに煌めくエクスタシーだった。

「ふぅっ……」

二度三度と強く腰を打ち付け、精のすべてを吐き出したタクヤが、ゆっくりと百合香の上に崩れ落ちてくる。

「……すげぇよかった、百合香さん、最高だ」

汗ばんだ頬に唇を押し付けながら、タクヤが甘えるような声を出す。

(ああ可愛い、可愛いわ……この子、離したくない……)

まだ体内でびくつく男根の感触を味わいながら、百合香は強くそう思った。

第三章　准教授の転落

「――お前って、ひょっとしたら、名器ってやつじゃないのか？」

射精直後、息を切らして仰向けにベッドに横たわった圭吾が、そう言った。

「……なあに、それ」

百合香は枕に顔を埋め、気怠げに答えた。

夫婦のセックスは三カ月ぶりだった。その日、大きな取引が上手くいったと、圭吾はほろ酔いで上機嫌で帰宅し、その勢いで求められたのだ。

「奥がさ、きゅーっと引き込むみたいに締まるんだ。女は結婚した三十過ぎが美味いというけど、やっぱそうだよな」

まるで自分の手柄のように自慢げに言う圭吾を、百合香は他人ごとのように眺めている。

（明日は水曜日――タクヤと会えるわ）

心はすでに「カルディア」に飛んでいる。

タクヤと初めてセックスして以来、百合香は彼の贔屓客になった。

圭吾が不在の水曜日には、決まって「カルディア」に出かけた。いつもタクヤを指名しては、高額なボトルを入れてやった。時間外に彼と会い、セックスをし、高価なスーツや時計を買ってやった。素朴な雰囲気だったタクヤは、みるみる洗練され、他の指名客も増えるにつれ自信もついてきたのか、振る舞いも堂に入ってきた。

「なにもかも、百合香さんのおかげだよ」

ベッドではあくまで甘ったれの子犬のような彼に、百合香はどっぷり溺れていた。

圭吾と違い、タクヤのセックスは優しく丁重で、痒いところに手が届くような愛撫も嬉しかった。若いせいで、何度でも求められるのもたまらなかった。

めくるめく快楽とはこのことかと、女としての悦びがどんどん深まる。

隣ですでに鼾《いびき》をかき始めた圭吾をよそに、百合香は明日の予定を頭の中で立てていた。

(昼のうちに美容院に行って、新しい化粧品も買って……)

自分にもふんだんにお金をかけた。

ただ、家の中ではセットした髪を無造作に束ね、スッピンのユニクロ服で通した。クローゼットの中には、どんどんブランド服や高級な下着が増えていったが、圭吾はまったく気がつかない。仕事が多忙なせいもあるが、それだけ百合香に無関心だともいえた。

拾った金は、すでに三千万円以上使ってしまっている。

百合香は始めのうちは罪悪感にびくびく金を使っていたが、次第に感覚が麻痺してしまい、今では、無造作にキャリーバッグから札束を摑み出して、シャネルのバッグに押し込み、「カルディア」に出かけるようになった。

あぶく銭とはよくいったものだ。

得体の知れない金を使いきったらどうなるだろうという不安もあった。

(でも、もう後戻りできない——こうなったらとことん楽しむだけだわ)

半ば開き直っている自分が、大胆な女に生まれ変わったようで、なにか誇らしい気持ちもあった。

翌晩、「カルディア」を訪れると、タクヤが満面の笑みで迎えに出た。最近、黒髪を明るいブラウンに染め、さらに垢抜けた雰囲気になっている。

「ああ！　待っていたんだよ、百合香さん！」

子犬のような甘えた表情は変わらず、百合香はその笑みだけで胸が甘くときめいた。

「どうしたの？　随分ご機嫌じゃない？」

ブースのソファに座るや否や、タクヤは百合香に身を寄せてささやいた。

「僕、今月の売り上げ、ベスト5に入ったんだ！」

「まあすごいわ！　頑張ったわね！」

「なに言ってるの、なにもかも百合香さんのおかげだよ」

謙虚そうに頰を染めてみせる仕草も可愛らしく、百合香は思わず言った。

「じゃあ、お祝いだわね。シャンパンタワー、しちゃおう！」

「うわあ、最高ー！」

タクヤは百合香に頰を擦り付けた。彼の頰は女性のようにすべすべして手入れが行き届いていた。かつてのような髭の剃り残しなど、微塵も感じられない。

シャンパンタワーは、シャンパングラスを円錐や三角錐に何段にも積み上げ、上からシャンパンを注ぐことで、ホストクラブでは客やホストの誕生日などによく行われるセレモニーだ。

シャンパンコールに使う高額なシャンパンを十本以上注文するのが決まりで、最低でも百万、某芸能人など一千万かけたなどという逸話もある。

「んじゃ、ゴールド十本で」

タクヤが目を丸くした。

「ちょ——そんなに、いいの？」

「かまわないわ。タクヤをトップにするのが、私の夢だもの」

「うわぁ、愛してる、百合香さん！」

ぎゅうっと抱きつかれ、誇らしさと陶酔感に頭がぼうっとなった。

「百合香姫に、シャンパンタワー、ちょうだいいたしました！」

ほどなく、磨《みが》きあげられたグラスを何段にも積み上げたタワーが、ブースの前に台に乗って運ばれてきた。

三角錐に高く積み上げられたそれは、まるで東京タワーかスカイツリーのようだ。

「百合香姫、最高！」

店中のホストが手拍子して百合香を取り囲む。

「さあ、百合香さん、思いきり注いじゃって！」

タクヤは栓をぬいたシャンパンボトルを差し出す。

立ち上がって受け取った百合香は、グラスタワーのてっぺんからどくどくとシャンパンを注いだ。黄金色の液体が、泡を立ててグラスから溢れて下へ流れ落ちていく。

「百合香、百合香、百合香！」

ホスト全員が、名前を連呼する。

百合香は次々渡されるボトルをことごとく注いでいく。すべてを注ぎ終わると、百合香はタクヤの肩にしなだれて、声を張り上げた。

「さあ、タクヤがトップ5に入ったお祝いよ、みんな、飲んで飲んで！」

ホストたちがグラスを受け取り、二人を囲んで何度も乾杯コールをする。

「飲んで、飲んで、もっと飲んで、夢を飲んで、希望を飲んで、幸せ飲んで、もっと、もっと、もっと、もっと——」

今、自分は世界の中心にいるのだ——百合香は泣きそうなくらい幸せだった。

「あぁ、もっと、もっとよ……ぁああぁっ」

幾度目かのエクスタシーを極め、百合香は陶酔しきってシーツの海に沈んだ。

「最高だ――百合香さんの中、いつも最高――」

ぴったり身体を重ねたまま、タクヤが耳元で低いセクシーボイスでささやく。

絶頂を極めた直後、甘く褒められるこの瞬間が、たまらなく嬉しく心地好い。

しばらく二人の息づかいだけが、ホテルの部屋に響く。このごろは、ラブホテルではなく、高級ホテルで逢瀬を重ねるようになった。それだけで、性欲を満たすだけの安っぽいセックスとは格が違うのだ、と思えた。

と、枕元のタクヤのスマホがぶるっと震えた。

「あ――」

さっとスマホを取り上げたタクヤが、むっくり起き上がり、申し訳なさそうに百合香に言う。

「ごめん、お客からの電話だ。返事していい？」

最近大勢の贔屓客が付きだしたタクヤだが、百合香にはいちいち断るところが、可愛気がある。

「いいわよ」

「ありがとう、向こうでするね」

タクヤはバスルームに消えた。

百合香は気怠く起き上がる。今夜はシャンパンタワーのせいで、飲み過ぎてしまった。少し胸がむかむかするが、気持ちは高揚している。

ホテルの大きなスカイビューウインドウから、東京の夜景を見下ろした。

まるで生まれた時から見慣れているような景色に思える。

以前は自分のタワーマンションから眺める東京は、自分を冷たく弾き返しているように思えた。だが、今高みから見下ろす夜景は、百合香に征服されひれ伏しているように見えた。

「ふふっ」

笑いがこみ上げてくる。

ふと、サイドボードの上のタクヤの腕時計に目がいった。

心臓がどきんと跳ねた。

（パテックフィリップの——コンプリケーション……？）

最近はタクヤに貢ぐために、高級時計のカタログサイトなどをしきりに見ていたのでわかった。

世界のセレブや富豪の愛用するそのブランドの時計は、破格の値段だ。そこに無造作に置かれているものは、少なく見積もっても六百万円はくだらない。

さすがに百合香もそこまでは思い切れなかった。

（タクヤ……金持ちのパトロンができたのかも）

ぎゅっと心臓が摑まれたように痛んだ。

「カルディア」には、本物のセレブ層の客が大勢来ている。彼女たちには、無尽蔵に金がある。

だが、百合香に自由にできる金には限りがあった。

（たった、三億円ぽっちなんだ……）

当初は目も眩むような金額だと思っていたのに、タクヤに貢ぐようになってから、百万円単位でコンビニで菓子でも買うような気軽さで金は消えていく。

このまま散財すれば、資金はあっという間に底をついてしまうのが目に見えていた。

バスルームに聞き耳を立てると、かすかにはしゃぐようなタクヤの声が漏れてくる。

足音を忍ばせてバスルームに近づき、恐る恐るドアに耳を当てた。

「うん、うん。え？　ヨーロッパ旅行？　うわあ、そんな豪勢なの、僕、困っちゃうよ。うん、え？　そう？　嬉しいなぁ、アヤさん、愛してる。世界で一番、愛しているよ」

蕩けるような甘え声だ。このハスキーボイスだけで、百合香は腰が砕けてしまいそうになる。だが今、その声は、誰か見知らぬ女性に向けられている。

（ヨーロッパ旅行、ですって）

ふいに心が寒々としてきた。

こんなふうにこそこそ盗み聞きしている自分が、いかにも安っぽくみみっちいとも思った。

（――わかっていたわ……タクヤはホストなのだもの。女性を気持ちよくさせるのが仕事だ。私の恋人でもなんでもない。甘い夢を見させてもらっていただけだって……）

百合香はのろのろとベッドに戻ろうとした。

にわかに吐き気がこみ上げ、ぐっと口元を押さえた。

バスルームにはタクヤがいるので、あわてて部屋の隅にうずくまって嘔吐した。

さっき飲み干した高額なシャンパンを、胃液とともにことごとく吐き出してしまった。

　翌週の水曜日。

　いつもの時間に「カルディア」を訪れると、出迎えに出た一星がすまなそうに言った。

「百合香さん、ごめんねぇ。タクヤのやつ、急に休みを取っちゃってさぁ。なんでもヨーロッパ旅行に行くとかで。ほんと、ごめんね」

「あ、あら、そうなの」

　タクヤからはそういう連絡はいっさいなかった。百合香は内心の動揺を押し隠し、平静を装って答えた。

「あいつ、急にのし上がってきて、いい気になってるんだよ。すべては百合香さんのおかげなのにさ。ね、よければ俺が今夜は――」

　おもねるような一星を、百合香は軽くいなした。

「今夜はやめておくわ。また、ね」

　くるりと踵《きびす》を返し、店を後にしようとした。

　背中をむけたとたん、表情が強ばるのを止められない。

（来るべき時が来たんだ……）

始めからわかっていたはずだ。

安いシャンパンの泡のように、儚《はかな》い幸せなのだと——。

百合香はネットなどで調べ、ホストクラブの最高級などというシャンパンも、店によっては客の飲み残しを集めて詰め直したり、ラベルだけ替えて安物のシャンパンを出すらしいと知った。

（そうよ、まるで私みたい……）

美しく装い金持ちに見せかけても、所詮まがい物なのだ。

自嘲しようとしたが、胸に溢れる口惜しさが拭えない。

「失礼ですが、あなたは山崎卓也《やまざきたくや》という青年を、ご存知ないかね」

ふいにタクヤの本名が耳に飛び込んできて、百合香は思わず振り返った。ホストは源氏名以外は教えようとしないのだが、まだ売れていない時期のタクヤは、同郷の気安さからか、百合香に本名を明かしていたのだ。

目の前に、スーツ姿の見知らぬ中年男が立っていた。

痩せぎすの少し頭髪の薄く、銀縁眼鏡をかけている。しかし知的な雰囲気の男だ。

「タクヤ……のこと？」

少し身構えて尋ねると、男は表情を少し厳しくした。

「そうです。やはり、あなたは彼を知っているんですね」

「なんなの？　あなた」

「私は、白井《しらい》と言います」

男は生真面目に自己紹介した。

「少し、お話できますか？」

好奇心が先に立ち、百合香はうなずいた。

白井と名乗る男と、近くの喫茶店に入った。

テーブルに向かい合うと、白井は礼儀正しく一礼し、名刺を差し出した。

「私は、山崎君の通う大学で准教授をしております。彼は私のゼミの生徒で」

百合香は受け取って名刺をまじまじ見た。

「T大学　商学部現代経済学准教授　白井彰《あきら》」

百合香は探るように白井を見た。

「で、私に何の御用かしら？」

白井は咳払いをひとつして言う。

「先ほど、店先であなたがホストと山崎君の話をしているのを、聞きまして——ゼミでも彼のことが噂になってるんです。山崎君がホストになって、身持ちを崩していると」

「身持ちを崩す」というのが、自分のことを言われたようで、百合香には苦い笑いが浮かんでしまう。

「なにがおかしいんですか？　彼はもうずっと授業にもゼミにも現れないんです。入学当初は、優秀な青年だったのに、水商売に身を落とすなんて——パトロンの女性に引きずり回されているという噂もあって、このままでは彼はだめになると思い、まともな道に戻そうと、私は意を決して来たんだ」

百合香は聞いているうちにむかむかしてくる。

上から目線の正論でものを言う口調が、夫の圭吾を彷彿とさせ、自分だけが悪いと責められているような気持ちになった。

「そうなの——でも、タクヤも二十歳を過ぎた大人でしょ。自分で選んだ道だし、自己責任じゃない？」

百合香はバッグから煙草を取り出すと、銀色のライターで火を着け深く吸った。

最近、煙草を吸うことを覚えたのだ。吸い込んだ煙を、わざと相手の顔に向けて吹きかけた。白井が煙たそうに顔をしかめた。

「あなたのような有閑マダムが、朴訥な青年を悪の道に引きずり込むんだ」

百合香は声を上げて笑いそうになった。

(なにこの人。正義の味方のつもり?)

「私が、タクヤをだめにしたとでもいうわけ?」

「そういうことでしょう? 遊びでひとりの若者の未来をつぶしているんだ」

白井がぐっと身を乗り出し、睨んでくる。

「あなたも大人なら、彼をもとの勤勉な学生に戻してやってください」

百合香は冷ややかな気持ちで、白井の生真面目な顔を見つめていた。

(私も世間知らずだったけど、この人もたいがいだわ。大学の先生って、勉強ばっかりしているからかしら)

百合香は灰皿に煙草を押し付け、バッグを手元に引き寄せた。

「悪いけれど、私もう、失礼するわ。彼に群がる有閑マダムは、私一人じゃないのよ、おわかり?」

立ち上がろうとすると、白井が慌てたように手首を摑んだ。

「ちょっと、待ってください」

「離してよっ」

手を振りほどこうとして体勢が崩れ、白井の方に倒れかかってしまう。テーブルの上のコーヒーカップが音を立てて倒れ、百合香の高価なスーツを濡らした。

「あ――」

白井が声を呑んだ。

百合香は茶色い染みが広がったスカートを見下ろし、ふいに泣きたいくらい惨めな気持ちになる。汚れた染みが、胸の中まで濁らせていくようだ。

「これはすまないことをした――」

白井が慌ててお手拭きでスカートを拭おうとするのを、百合香は邪険に振り払った。

「ほっといて！」

ヒールの音を立てて喫茶店を飛び出した。

歩道を早足で歩きながら、百合香は嗚咽を押し殺した。

（今夜で、タクヤとの甘い夢は終わったんだ……私は元の寂しい女に戻る……）

「奥さん」

息せき切って白井が追いかけてきた。

百合香が肩越しに振り向くと、彼は財布を取り出して五千円札を差し出す。

「クリーニング代です」

百合香はまじまじと白井を見た。

（生徒のために一生懸命な、悪い人じゃないのよね。少しぶしつけなだけで——）

無骨な夫と痩せぎすな白井は少しも似ていないのに、雰囲気が重なる。

いつかマロンが死んだ日に、無造作に圭吾が差し出した五千円を思い出した。

自分が正しいと信じているこの男を壊してやりたいという、酷薄な黒い感情がむくむくと胸の内に溢れてきた。

百合香はその金を受け取るや否や、さっと白井の腕に自分の腕をからめた。

「これで、休憩しましょうよ」

彼の耳元で声を潜めてささやいた。

きょとんとしている白井の腕を摑んだまま、百合香は目に入ったラブホテルに連れ込んだ。

「お、奥さん、私はこんな——だめだ」

部屋に入ると、白井は我に返ったように狼狽した。

百合香は身体を押し付けるようにして、彼を強引にベッドに座らせ、床に跪いた。

「タクヤがどうだめになっていったか、知りたくない？」

艶かしい表情で白井を見上げながら、素早く彼のズボンの前を緩めた。ブリーフを引き下ろし、萎縮しているペニスを摑み出す。

「気持ちよく、してあげるから」

百合香は白井の股間に顔を寄せ、柔らかなペニスを口に含んだ。

「あ——」

白井がびくりと腰を浮かせ狼狽《うろた》えた声を出したが、百合香を押しのけようとはしなかった。

「んん……ん」

少し仮性包茎気味の白井の男根を、唇で扱《しご》いて包皮を捲るようにして亀頭を剝き出しにした。鈴口の割れ目から亀頭の括れにかけて、ゆっくりと舌先でなぞっていくと、みるみる勃起してきた。

「ふ……大きくなってきたわ」

両手で陰茎の根元を支え、充血してきた肉胴に舌の腹を強く押し付けて舐め下ろす。

「うーー」

白井が密やかなため息を漏らした。

(この人、感じ始めてる)

百合香の胸は、言いようのない征服感に満たされた。思い切り口唇を開き、咽喉奥までペニスを呑み込んだ。

白井の男根は若いタクヤに比べてそれほど長大ではないので、嘔吐《えず》くことなくディープスロートができた。ただ、長さは普通だが意外に極太で、興奮度が増すにつれて肉茎に太い血管が浮き出て脈打つ。舌を刺激する脈動に、百合香の情欲が高まってくる。

「んんん、ふ、ふぅんん、んんぅ」

亀頭の裏側の筋張ったところを丹念に舐めると、びくびくと口中で肉茎が跳ねる。

「あーーだめ、だ……」

頭上から白井の押し殺した呻き声が聞こえてきて、下腹部の奥がきゅんと疼いた。

「んぅ、んっ、んんっ」

根元を支える指先に力を込め、頭を上下に振って唇で強く扱いた。鈴口から先走り液が溢れ出した。

「やめ——もう」

白井の骨張った手が下りてきて、百合香の頭を押しのけようとしたが、咽喉奥で締めるようにペニスを咥えると、その手の動きが止まってしまう。

しばらく夢中でしゃぶっていると、口内の膨れた肉幹がびくつき始めた。

「あ、あ——」

白井が喘ぎ声を漏らす。

その声に百合香の膣襞が蠢いて、とろりと淫らな蜜を吐き出す。

「ふぁ、んんぅ、っぁふううん」

甘い鼻息を漏らしながら、さらに激しく頭を振り立てた。ちゅうっと亀頭の先を吸い上げると、白井の腰がびくりと震えた。

「だめ——だ、も——う」

白井の手が、感極まったように百合香の綺麗にセットした髪の毛をくしゃくしゃに掻き回した。

どくんと口腔で肉胴がひとまわり膨れ上がり、次の瞬間、びゅくびゅくと大量のスペルマが吐き出された。

「んんぅ、んん……」

口中いっぱいに広がる生臭さに堪え、百合香はことごとく溢れ出す精液を飲み干した。粘り気の多いスペルマは、嚥下するのに苦労した。

びくびくと二度三度震えた白井のペニスは、すべての精を放出し終えるとゆっくり萎み始める。百合香はそっと唇を離すと、濡れた目で白井を見上げた。

「イッちゃったわね」

極めた直後のぼんやりした表情で、白井が見返してくる。

これまでの知的な面影をすっかり失った顔を見ているうちに、百合香の身体に凶暴な情欲が湧き上がる。媚肉がずきずきするほど疼いた。

おもむろに立ち上がった百合香は、上衣を脱ぎながら身体を押し付け、白井をベッドに仰向けに押し倒した。スカートを捲り上げ、パンティを引き下ろす。

「今度は、私を気持ちよくして」

白井のネクタイとワイシャツを緩め、生白い胸板を剝き出しにした。

「君――」

なにか言おうとした白井の唇をキスで塞ぐ。

「う、ん、んんっ」

強引に男の唇を割り、舌を差し入れた。白井は酒も煙草もあまり嗜《たしな》まないようで、口中がさらりと清潔だった。その口腔を、スペルマを飲み干したばかりの自分の舌で、ぐちゃぐちゃに搔き回してやる。

「ぐ、ふ、君、やめ――ぅ――」

くぐもった声を出した白井だが、ふいに淫欲に火が着いたように百合香の舌にむしゃぶりついてきた。

「ん、んっ、ぅんんっ」

「はぁ、は、ふ……」

喰らいつくようなキスを貪りながら、互いの服を乱暴に脱がせ合う。

白井のズボンをブリーフごと引き下ろし、そこに剝き出しの下腹部を押し付けて、ぐりぐりと擦った。

「あぁ、あ、あん」

精を吐き出したばかりの白井のペニスが、たちまち勃起してきて、秘裂を硬く刺激し、クリトリスが熟れて膨れてくる。

「あぁ、あ、もう入りそう……」

唾液の糸を引きながら唇を引き剝がした百合香は、白井の腰を跨ぎ、半勃ちになった男根に手を添え、両足を大きく開いた。

蜜口に溜まっていた愛液が溢れて、股間をぐしょ濡れにする。

膨れた亀頭を陰唇にぬるぬる擦り付けると、子宮の奥がじんと痺れ、膣襞が妖しく蠢いた。

「欲しいの……」

百合香は熱くそそり立つ肉塊を摑んで、媚肉の中心に押し当てた。

「はぁ、あ、熱い……」

ぬるぬると亀頭の先端で陰唇を擦り、そのままゆっくり腰を沈めていく。

タクヤのような若く荒々しい硬さはないが、意外に太い肉胴が程よくヴァギナにフィットしてくる。

「あっ、あぁ、あ……」

太い雁首が、熟れ襞を押し開いていく感触に、ぶるりと腰が震えた。

「っ――」

白井が息を詰める。

太い血管を浮かべた肉幹が、ぬるりと膣襞に呑み込まれていく。

「ん、あ、太い……あぁ」

内側から押し広げられる感触に、百合香は背中を仰け反らせて猥りがましい鼻声を漏らした。

根元まで収めると、満たされた悦びに深いため息が漏れた。

「ふ――全部、挿入っちゃった……」

両手を白井の胸に突き、ゆっくりを腰を上下に蠢かす。

「ん、は、ぁあ、あ、あぁ、奥に……っ」

自分の体重をかけて、真上から肉棒を受け入れているせいか、亀頭の先端が子宮口までずんずんと打ち当たり、脳芯まで響いてくる。

「っ――あ、あ」

白井に跨がったまま、心地好さに腹部を痙攣させると、肉壺がきつく収斂して男根を締め上げる。

「あ――君……っ」

白井が頼りなげに呻いた。

その時、百合香はまだ自分が名乗ってもいないことにやっと気がついた。

白井の両手を取って、はだけたブラウスの内側の揺れる乳房に導きながら、悩ましい声でささやいた。

「百合香よ……百合香って、呼んで」

「ゆ、百合香……」

白井の両手が、乳房を揉みしだいた。つんと硬く凝った乳首を、男の指がやわやわと捏ねるように摘まみ上げると、じわっと甘く最奥が痺れる。

「っ、あぁ、あ、いい……気持ち、いいわ……」

身体を少し前に倒し、腰を前後にのたうたせると、膨れたクリトリスが擦れて快感がよりいっそう強くなった。

「……んん、んんぅ、はぁ、は、あぁっ、ん」

大胆に腰をくねらせ、自分の心地好い箇所を探しては、そこを刺激するようにした。感じ入るたび、濡れ襞がきゅうっと収斂して、白井の肉胴を締め付ける。

「う――あ、すごい――百合香、君……」

白井は息を乱し、陶酔した表情で百合香の乳房を揉みしだいた。

「はぁ、あ、もっと、あぁ、いいっ」

百合香は大胆な腰の動きを倍加させながら、嬌声を上げた。

まるで男の身体を使ってオナニーしているようで、淫猥な快感がぐんぐん迫り上がり、あっという間に絶頂が襲ってくる。

「ふぁ、あ、も、イッちゃうわ……あぁん、あぁぁあっ」

背中を弓なりにし、全身でイキんで愉悦を貪った。膣壁がびくびく震え、白井の肉槍を締め付けながらエクスタシーを極めた。

「あ、あぁ、あ……」

がくがく腰を震わせ、ぴーんと四肢を硬直させた。

一瞬脳裏が真っ白に染まり、直後、がっくり身体が弛緩して、男の身体の上に倒れ込んだ。

「……はぁ、は、はぁ、イッちゃったぁ……」

息を切らして、陶酔した表情で白井を見つめる。

「百合香——」

突如、白井が力任せに抱きしめてきた。

「あ……っ」

意外にも精を放ったばかりの白井のペニスはまだがちがちに硬度を保ったままで、繋がったまま体位を入れ替えられた。

「……あんっ」

どさりと仰向けにされ、その勢いで最奥に屹立が当たり、百合香が甘く喘ぐ。

白井は無言で百合香の両足を抱え上げ、大きく開いた。そのまま腰をがつがつと打ち付けてくる。

「はぁ、あ、だめ、あぁっ」

極めたばかりの媚肉は、激しい抽挿に再び熱く灼け付く。

「やぁっ、深い……あぁ、あぁぁ、あぁん」

ぐらぐらと揺さぶられ、百合香の嬌声が震える。

子宮口までずんずんと太い亀頭で抉られ、百合香は目も眩む快感に四肢を引き攣らせて身悶えた。

さっきまで知的に正論を振りかざし、百合香に説教していた男と同じ人物だと思えないほど、獣欲に捕らわれきっている。

「お——締まる……」

彼が自分の身体に感じているのだと思うと、百合香は性的な快感とは違う、なにか心が躍るような誇らしいような気持ちでいっぱいになった。

タクヤとのセックスは若々しく刺激的だったが、どこかに彼にサービスされているのだという思いがあった。

認めたくはなかったが所詮、ホストとパトロンで、金品の代わりに快楽を提供されていると感じるところはあったのだ。

(だけど——)

白井とは、ほとんど行きずりのようなものだ。

(私がこの人を狩った)

今までは女の自分は、男の獲物だった。だが、今夜は、自分の欲望のままに白井を誘惑し、セックスを貪っている。

(私に、こんな破廉恥なことができるなんて——信じられない。でも、できる、できるんだ。私には、もっとなにか、できるかも……)

そう思うと、全身の血が逆流するほど昂った。

「はぁあ、あ、いいわ、あぁ、気持ちいいの、もっと、もっと……して」

百合香は全身をのたうたせ、自ら男の律動に合わせて腰をくねらせた。ぐちょぬちょと、溢れる愛液が泡立つ卑猥な音が響く。

「っ——きつい——保たない」

感じ過ぎて勝手に膣襞がきゅうきゅう収縮を繰り返し、白井のペニスを追いつめてしまうようだ。何度も短いエクスタシーを極めていたが、中途半端な昂りの時に白井に終わられたくなかった。

百合香は腰の動きを止め、次の絶頂が来るのを待った。

「やぁ、あ、い、やぁ、だめ、あ、だめっ」

昇り詰めた瞬間、きゅーっと強くイキみ、白井の肉幹を締め上げた。

「くっ、出る、あ、あぁ、出るっ」

白井が呻いた。

直後、びくびくと彼が腰を震わせる。

どくんと最奥でスペルマが噴き出すのを感じた。

「んー、んん、あ、あぁぁあっっ」

瞼の裏がエクスタシーで赤く染まる。

百合香は総身をがくがくと震わせ、煌めく悦楽を噛み締めた。

その後、百合香は一度だけ「カルディア」を覗きにいった。

そっと店内を見渡すと、タクヤは一番真ん中のブースで、スワロフスキーを飾り付けた派手なドレスの女性に、頬をすり寄せるようにして談笑していた。その女性は、テレビでもよく目にする、世界的に高名な女性服デザイナーだった。

甘いマスクで微笑むタクヤは、もはやいっぱしのホストの表情をしていた。

(タクヤ——出世したんだわ)

タクヤのパトロンが、超一流の富豪の女性だったせいもあるのか、不思議と悔しい気持ちは湧かなかった。

(自分の子どもが、クラスで一番の成績を取った母親って、こんな感じなのかもしれないわ)

タクヤを見いだし、ここまで育てたのは自分だという誇らしささえあった。

(さよなら、タクヤ——素敵な夢を見させてくれて)

百合香は無言で店を出た。

街路に出ると、バッグの中のスマホが震えた。

取り出してみると、白井からメールが入っていた。

『今週、どこかで会えないだろうか？　君の時間に合わせるから』

白井からのメールは、今日だけで十通は越えている。百合香は軽くため息をつく。

あの日以来、彼は百合香とのセックスに目覚めてしまったようだった。

タクヤの更生という当初の目的はすっかり忘れ、百合香の肉体に溺れてしまった。

四十五歳になる白井は学問一筋、女性関係は妻だけという清廉な人生を歩んできたらしい。それが、百合香との一回のセックスで、すっかり瓦解してしまった。

「女性にこんなに夢中になるなんて、私は生まれて初めてだ」

生真面目な顔でそんなことを言われると、百合香もまんざらではなかった。

(私が男を夢中にさせるなんて……)

百合香の中の女性としての自尊心がひどく擽られるのだった。

なにより、大学の准教授である彼は、時間の融通がきいた。

昼間、授業の合間や研究日などに逢瀬を重ねることができて、水曜の夜しか出かけられなかった今までに比べ、セックスできる頻度が増えた。

昼間、白井の大学の研究室に赴き、研究室で身体を繋げ、夕方には何食わぬ顔で帰宅して圭吾を迎える。タクヤの時のように、刹那の逢瀬を待ち焦がれるドキドキ感はないが、純粋に欲望を解消するだけのセックスを、楽しむ余裕ができた。

だが、それは始めのうちで、白井は次第に百合香に執着するようになってきていた。

メールの返事をしないと、返すまでしつこくメールが来る。

(遊び慣れてないからだわ)

百合香は街路で立ち止まり、メールを返した。

『明日、昼休みにいくわ』

瞬時に返事が戻ってきた。

『待っているよ』

レスポンスの早さに、百合香は苦笑いした。

白井の教えている大学は都心にあり、オープンな校風だ。キャンパス内に有名なフレンチレストランがあるため、昼間などランチを楽しむ奥様たちで賑わっていて、百合香の存在が目立つこともない。

翌日の昼、百合香は、大学の本館の三階にある白井の研究室のドアをノックした。ノックを待ち焦がれていたように、素早くドアが開く。

「ああ百合香——」

白井にいきなりキスをされそうになり、百合香は慌ててドアを閉めた。

「午前中の講義の間、ずっと君のことを考えていたよ」

白井は百合香の柔らかな髪に顔を埋め、首筋に唇を押し付ける。

「あなたは先生なんだから、上の空じゃあ生徒さんたちに悪いでしょ」

百合香は白井の背中を撫でながら、あやすように言う。

「わかってる——わかってるけど、百合香」

白井はもどかし気に、百合香の胸元を服の上から触れてくる。

「あ、ん、ちょっと待って……」

「今日は、午後一の授業があるから、時間が惜しいんだ」

白井はすでに息を乱している。

百合香の腕を摑むと、研究室のソファに導いた。そのまま押し倒される。

「ぁ……」

スカートを性急に捲り上げられ、パンストとパンティを一気に引き下ろされた。

白井の指が、陰部をせわしなくいじる。

「あっ、や……ん」

まだ気持ちが昂っていないのに——と、身を捩ったが、鋭敏なクリトリスに男の指が触れると、ぴくりと腰が浮いた。花芽を円を描くように擦られると、じわりと濡れてくる。

「ん、ん……ん」

次第に心地好くなってくる。白井の舌が、耳朶や耳裏を舐め回すと、ぞくっと背中が甘く疼く。

「あぁ、あ、いいわ……」

もっとクリトリスを愛撫して欲しくて、両足を大きく開いた。

だが白井はすっと指を抜き、自分のズボンの前を緩め始める。

「もう、挿入れるね」

硬くなった亀頭が、淫唇を掻き分けてくる。

「あ、まだ……」

もう少し愛撫を楽しみたかった百合香が、不満げに声を上げようとしたとたん、ぐぐっと肉棒が惜しいってきた。

「はぁ……っ」

一気に根元まで突き入れ、白井はおもむろに激しい抜き差しを開始する。

「っ、ん、んぅ、んんっ」

以前、夫である圭吾と思い出したようにセックスをしていた時なら、こんな挿入は肉襞が引き攣れて苦痛でしかなかった。

だが、このごろ白井と頻繁にセックスするようになると、濡れるのが早い。それほど前戯をされていないのに、柔肉は潤ってやわやわと肉楔を包み込み、締め付けることで自ら感じ始めてしまう。

「は、あぁ、あ、あ……」

百合香は白井の背中に両手を回し、彼の腰の律動に合わせて自分も腰を蠢かせた。そうすると、男の陰毛と陰嚢がざりざりと粘膜を擦り上げ、気持ちよさが倍加するのだ。

(私、男の身体を楽しむコツを覚えたのかしら……)

百合香は片手をそっと下ろし、白井のペニスを受け入れている箇所を辿った。すでに結合部はぬるぬるになっている。

百合香は指で自分の愛液を受け、クリトリスになするようにして擦り付けた。

「あぁあ、あん、あぁ、いい、いい……」

急激に快感が高まってきた。

「う、締まる——百合香、いいよ、君のお○んこ、いい」

きゅうきゅうと収縮を繰り返し始めた百合香の膣壁の動きに、白井がうっとりとした声を出し、さらに腰を穿ってくる。

「あ、あぁ、あ、気持ちいい、ああ、いいの、いいっ」

百合香は自分のクリトリスを摘まみ上げ、さらに愉悦を増幅させる。

(これって――まるでこの人、私のオナニーの道具みたい)

百合香はエクスタシーに昇りながら、陶酔した頭の片隅でそう思った。

実際は、オナニーよりはずっと充実した満足感が得られる。

(でも、我を忘れるほどじゃあない)

「はぁ、あ、や、あ、も、イクっ」

痺れるような絶頂に、腰が震える。

「くっ、百合香、あぁ、出す、出すよっ」

白井の律動が小刻みになる。

「つんぅ、ん、あぁ、はぁあぁっ」

脳裏で真っ白な喜悦が弾ける。

白井の欲望が、どくどくと身体の内に吐き出され、二人の動きが止まった。

「……はぁ、は、ぁ……」

「ああ百合香、百合香――」

白井が満足そうにキスをしてくる。

その唇を受け、舌を差し出しながら、百合香はぼんやり思う。

(でも……これじゃない……もっと、もっとおかしくなるような、セックスがしたい……)

第四章　淫らなダンス教室

白井との密会を繰り返すようになって、二カ月。

年の瀬も押し迫ってきていた。

その日、百合香は久しぶりに納戸からキャリーバッグを取り出し、中の金を数えてみた。

タクヤとの交際で、拾った金の三分の一は使い果たしていた。

もはや、とても元の金額に戻す術はない。

白井と付き合っているこの頃は、散財することもないままだった。

(いっそ使い切ってしまおうか)

ホスト遊びは、今まで知らなかった華やかで妖しい夜の世界だった。

今度はもっと、違う遊びを知りたい。

（日常を離れた、きらきらした世界――）

お金をかけてそういう遊びをしたかった。

キャリーバッグを仕舞うと、何気なくテレビのリモコンを手にしてスイッチを入れた。

ワイドな六十五インチの液晶画面いっぱいに、いきなり華やかなドレスが群舞しているシーンが映った。

磨き上げられたフロアで、燕尾服の男性にリードされて、美しく化粧し色とりどりの裾が閃くドレス姿で踊る女性たち。

まるで映画の中の宮廷シーンのような華やかさに、百合香は目を奪われた。

社交ダンスの競技会の中継だった。

何組ものペアは、互いに巧みに身を避けながら、優雅にくるくると舞い踊る。

「すてき……」

社交ダンスなど、上流階級のものだと思っていた。だが、テレビの解説者の、

「社交ダンスは、姿勢もよくなり適度の運動量で、最近はセレブの奥様方で、美容目的で習う人が増えていますね。こんな美しいドレスを堂々と着られる機会も、社交ダンスならではですからね」

という言葉に、強く魅かれた。

「——あなた。私、ダンス教室に通おうと思うんだけれど、いいかしら」

夜、遅く帰った圭吾に夕食を出しながら、百合香は話を持ち出した。

「ダンス？」

怪訝な顔をする夫に、百合香はにこやかに答える。

「ええ、何だかこのごろ運動不足なので、ダイエットにもいいかな、と思って」

あくまで美容のためで、華やかなドレスを着てみたいから、とは言わない。

「いいんじゃない」

圭吾は納得したようにうなずき、お替わりの茶碗を差し出した。

ネットで検索し、原宿に、高額な会費でセレブ奥様ばかりを教えるという社交ダンス教室を見つけた。どうせ習うなら、うんと豪華で金のかかるところに行きたかった。

（夢を見たいの。極上に甘い夢を——）

体験レッスンというのがあるのを知り、そこに申し込みした。

運動神経に自信はなかったが、

「社交ダンスは、基本的に男性のリードがよければそれなりに踊ることができます」

と、その教室のホームページに記されてあり、少し安心した。

体験レッスンの日、お気に入りのシャネルのスーツに身を包み、髪も綺麗にセットし、いかにも裕福なマダムを装って原宿の教室に赴いた。

混雑した竹下通りからは少し外れた、神宮外苑近くのビルの二階が教室だった。ガラス張りのスタジオで幾組もの男女が踊っている様子が、外からもよく見えた。

教室の入り口の受け付けに、予約の確認をし、少し待つように言われた。

「初めまして。講師の島本時夫《しまもととき お》です」

弾けるような明るい声とともに、見上げるような上背の体格のいい男が現れた。

彫りの深いエキゾチックな顔に、黒髪を後ろに撫で付けたオールバックが気障《きざ》なほど似合っている。シンプルな黒いシャツとズボン姿だが、スタイルがいい。足がすらりと長く、第三ボタンまで外した襟元から逞しい胸板が覗いている。

三十代半ばくらいか。

社交ダンスの講師など、年寄りばかりだろうと思っていた百合香は、少しどぎまぎした。

「体験レッスン希望の西田さんですね」

島本が近づくと、ヘアトニックと汗の混じった男臭い香りが鼻腔を擽った。

「は、はい、よろしくお願いします。初めてで、なにもわかりませんが」

軽く頭を下げると、島本がにこやかに言う。

「誰でも最初はなにも知りませんよ、気にしないで大丈夫です。そのお洋服だと、少し動きづらいかな。受付でレオタードとシューズを借りて、更衣室で着替えてから、レッスン場においでください」

言われるまま、服と靴を借り、更衣室で着替えた。

レオタードなど着るのは、生まれて初めてだ。身体の線をぴったり見せる姿に、裸になったより恥ずかしい気がした。ヒールの高いシューズを履き、おそるおそるレッスン場に行った。

ワンフロアを丸々使ったレッスン場は、三方が鏡張りになっていて明るい。優雅なワルツ曲が流れ、他の講師たちと何組かの女性たちが踊っていた。それぞれの練習着を着ているが、皆スカートのようなものを穿いている。

(やだ……こんな格好)

レッスン場の隅で小さくなっていると、島本が大股で近づいてきた。

「着替えましたね、じゃ、これを腰に巻いてあげましょう」

島本は床に膝を突くと、手にしていたパラオのような深紅の布を手際よく百合香の腰に巻いてくれた。きゅっとウエストを絞られ、なにか気持ちまで引き締まる気がした。即席のスカートが出来上がった。

「ああ、いいですね。西田さんはスタイルがいいから、それだけでダンスが上手に見えますよ」

島本が欧米人のようにウインクしてきた。彫りの深い顔立ちなので、それが嫌味なく様になっている。お世辞でも褒められるのは気分がいい。

「じゃあ、今日は簡単なワルツのボックスを踊ってみましょう」

島本はごく自然に百合香の片手を取った。

そして優雅にフロアの中へ誘導する。

向かい合った島本は、百合香の腰をぐっと自分に引きつけた。

「あ――」

いきなり腰骨を押し付けられ、焦ってしまう。

「だめだめ、西田さん。背すじを伸ばし、お腹を引っ込めて姿勢よく。ワルツは愛のダンスと呼ばれています。男女が密着し、息を合わせてステップを踏むダンスですから、恥ずかしがっていてはいけません」

はきはき言われ、あわてて姿勢を正した。

「はい、顎を引いて、私の目をまっすぐ見て。けっして自分の足元を見たりしないで」

「は、はい」

まともに島本を見上げ、彼の綺麗な二重まぶたの瞳に吸い込まれそうな気持ちになる。

「ワルツは三拍子。一でまず左足を前に、二で時計と反対回りに九十度身体を回転させながら右足を出し、三で左足を右足に合わせます」

そう言われても、ぴんと来ない。自信のなさが島本に伝わったか、

「大丈夫、ゆっくりいきましょう」

と、彼が優しく声をかけた。

「はい、一」

すっと彼が後ろに下がり、百合香の左足が自然に前に出た。

「二」

腰に回した島本の手が、巧みに百合香の身体を回転させる。

「三」

少しテンポが遅れたが、なんとかステップが踏めた。

「そうそう、いい感じ。続けますよ」

彼がリードし、百合香は懸命に覚えたてのステップを踏む。始めはまごまごしていたが、次第にコツを呑み込み、なんとなくワルツっぽく動くことができるようになった。

「いいですねー、西田さん、呑み込みが早い。素晴らしいですよ」

島本が白い歯を見せて笑いかけた。

彼の腕に身をもたせかけながら、百合香はフロアをゆったりと動いた。回転するたび、腰に巻いた深紅のパラオがふわりと広がり、心地好い。

ちらりと鏡の映った自分の姿に、百合香は見惚れた。

(すてき——外国の貴族の令嬢にでもなったみたい)

現実離れした世界に浮遊するような感覚が、どこかセックスの陶酔感と似ていた。それは、島本の引き締まった肉体とぴったりと身体を密着しているせいもあるだろう。そう考えて以降はずっと島本との密着部分が気になって仕方なかった。

体験時間が終わる頃には、結構な汗をかいていた。

「いかがでしたか?」

島本がシャツのポケットから自分のハンカチを出して、スマートに差し出す。

受け取って額の汗を拭いながら、百合香は答えていた。

「ぜひ、入会させてください」


百合香は、島本が講師の時間をセレクトした。

島本は、三十半ばでまさに男ざかり。独身でフリーのダンサーをしている。セクシーで野性味を帯びた彼は、生徒たちに人気が高く講師料も高かった。だが、百合香は金に糸目をつけなかった。

ダンス衣装専門店に行き、高価な練習着やシューズを何着も購入した。

島本と踊ると、身も心も別世界に飛べる気がした。

タイムスリップして、中世の西洋の城で舞踏会に招かれた令嬢のような心持ちを味わえた。

百合香はあっという間に、社交ダンスにハマってしまった。

ダンスレッスンのDVDで、自宅でも熱心に練習した。夫の圭吾は、妻が美容体操に熱心になった程度にしか、受け止めていないようだった。

島本とぴったり身を寄せて踊るだけで、いつも下腹部がきゅんと疼き、めくるめくような心地好さに包まれた。

ダンスにのめり込むのと反比例するように、白井との逢瀬の回数は減っていった。彼からの連絡に応じることすら、だんだん面倒になり、放置したままにすることもあった。


「春にダンス発表会がありますから、西田さんもぜひ参加してくださいね」

その日の練習が終わると、島本が発表会のパンフレットを差し出してきた。都内の一流のホテルの催し物会場を借り、豪華なフランス料理を楽しみながら、生徒たちのダンスの鑑賞をするという。

「いえ、私なんか、とても人様に見せられるようなレベルじゃ……」

臆すると、島本が明るく笑う。

「なに、生徒さんはこの日のために特注のドレスを作って、それを披露するために出るような人が多いんですよ。せっかくだから、西田さんもこの日だけ、お姫様に気分になって、ダンスを楽しめばいいんです」

「――そうね」

ダンスの衣装は、金をいくらでも費やせる。裕福なマダム層が多いこの教室では、皆がそこに一番力を入れるのだろう。百合香の虚栄心が疼く。

「考えておきます」

そう返事をしたが、内心はとびきりゴージャスなドレスを仕立てようと決めていた。

教室のあるビルを出た時だ。

「――西田、百合香さんですか？」

背後から、おずおずした女性の声に呼び止められた。

振り返ると、地味なシャツとスカート姿の中年の女性が立っている。小太りで摘んだような凹凸の少ない目鼻立ちだ。見覚えがない。

「どなた？」

「あの……私、白井の妻です……」

心臓が跳ね上がった。

白井が妻帯者であるのは知っていたが、彼の口から妻のことはめったに聞いたことがなく、存在感がまるでなかったのだ。

白井の妻はおどおどした態度でうつむいて言う。

「その……お話が……」

街中で立ち話というわけにもいかず、百合香は彼女とそばの喫茶店に入った。

奥のテーブルで向かい合うと、白井の妻は百合香と目を合わせないまま、消え入りそうな声で話し出した。

「夫が……私と別れたい、と言い出したんです。あなたのことが好きで、あなたと付き合うからって……」

百合香はきょとんとした。

「え？　なに言ってるの？」

白井の妻が、いきなりテーブルに額を擦り付けた。

「お願いです――まだ未成年の子どももいるんです。家庭を、壊さないでください、お願いします、夫と別れてください……！」

百合香は呆然と、白井の妻の頭頂の辺りを見ていた。染めた髪が伸びて、つむじの回りに白髪が目立っている。テーブルに突いている手は、マニキュアも施さずにささくれ立っている。

それを見ているうちに、無性にむかっ腹が立った。

白井の妻に、大金を拾う前の自分の姿が重なる。

（なんて惨めで、格好悪いの）

百合香は胸の中が冷えていくの感じた。

「あの、白井さん、なにか勘違いなさっているようだけど、私、あなたの家庭をどうこうするつもり、全然ありませんから」

白井の妻が、はっと顔を上げた。腫れぼったい一重まぶたに涙が浮かんでいる。

百合香はつとめて冷静な声で続けた。

「ご心配なさらなくても、私はもう二度と白井さんと会うつもりはないの。ご主人にそう言って。連絡してきても、迷惑だからって」

それだけ言うと、さっと立ち上がりレシートをつかんだ。

呆然と座っている白井の妻をそこに残し、足早やに店を出た。

胸の中の吐き気のような不快感はおさまらなかった。

（いやだ、いやだ。ああいう女にだけは、なりたくない）

気がつくと、ダンス教室に向かっていた。

何をどうしたいというわけではなく、ただ、あの喫茶店でのどんよりした空気を払拭したかった。まっすぐ家に帰るのも気が重い。

もしかしたら島本の顔を見られるかもしれない、という甘い期待もあった。

すでに練習時間を終えたダンス教室は受付嬢もおらず、がらんとしていた。

受付からガラス越しの練習場が見えた。

島本が一人で踊っていた。

新しい演目を習得しようとしているのか、しきりに同じステップを繰り返している。いつもはきちんとシャツを着込んでいるのだが、一人だけという気安さのせいか、タンクトップにぴったりしたスパッツ姿だ。

筋肉質の身体の線が浮き出ている。

こりこり動く上腕二頭筋、広い肩幅、割れた腹筋、きゅっと持ち上がった尻、よく張った太腿。島本が歯切れよくターンをするたびに、日焼けした肌から玉のような汗が飛び散る。

しなやかなネコ科の獣のようにセクシーだった。

(あの筋肉に、歯を立ててみたい)

にわかに子宮の奥から淫らな欲望が湧き上がった。

気がつくと、練習場のドアを開けていた。

「おや、西田さん？　お忘れ物ですか？」

百合香の姿に気がついた島本が、ぴたりと動きを止めてこちらを見た。いつも綺麗に撫で付けている髪が少し額に乱れ、汗で張り付いている様が、ひどく男臭い。

「──先生、特別に一曲踊ってくれません？」

百合香はまっすぐ島本に近づいた。彼女の妖しい目の色に気がついたのか、島本がかすかに息を呑んだ。

「──いいですよ。なにがお望みですか？」

「タンゴ、がいいわ」

最近ラテン系のダンスも習い始めていた。情熱的で切れのよいタンゴは、百合香の好みであった。

「いいでしょう」

島本が百合香の右手を取り、左手を背中に回した。

二人はまっすぐ見つめ合い、ステップを踏み始めた。ワンステップごとにぴたっと止めの入る踊りは、相手の両足の間に自分の右足が深く入る。百合香はことさらにぐっと、自分の右足を島本の股間に押し入れた。

「──っ」

島本の動きがわずかに強ばる。百合香は綺麗にルージュを引いた唇を、軽く開けて赤い舌を覗かせた。

「西田さん――」

島本の声が低くなり、長い脚がぐぐっと百合香の股間に押し込まれた。じん、と百合香の媚肉が疼く。

「百合香って、呼んで」

吐息とともに、自分の名前をささやいた。

次の瞬間、背中を支えられたままがくっと後ろに身体を倒され、そこで島本は静止した。

「――百合香」

名前を呼ばれた刹那、きつく唇を奪われた。

「ん、んぅっ」

荒々しく嚙み付くようなキスだった。島本の唇はほのかに汗の味がした。熱い舌が歯列を割って押し入り、淫らに口腔を搔き回した。

「……ふ、はぁ、はぁ」

キスだけで頭がくらくらした。息をすることも忘れ、島本の舌に自分の舌を絡め、くちゅくちゅと淫猥に擦り合わせた。みるみる手足から力が抜けていく。

がくりと膝を折った百合香の身体を、島本がきつく抱きしめた。服地越しに、硬い男の筋肉の動きが感じられ、下腹部がぶるりと戦慄いた。

「あなたは——とてもそそる身体をしている。初めて会った時から、ずっとそう思っていた」

わずかに唇を離し、セクシーボイスでささやかれ、身体中の血が沸き立った。下肢が甘く蕩け、膣腔が飢えてせつないくらい蠢いた。

ちゅうっと音を立てて強く舌を吸い上げられ、キスだけで軽く達してしまった。

「先生……欲しい」

島本の胸に縋って、艶っぽくつぶやいた。

「百合香——」

島本は軽々と百合香の身体を抱き起こし、壁面に押しつけ、耳朶や首筋を貪るように舐め回す。

「あ、ぁあ……」

ぬるつく舌の動きに、背中に甘い悪寒が走った。自ら下腹部を男の股間に押しつけ、円を描くようにくねらせて擦り付ける。

島本がスカートを捲り上げ、パンティの端から長い指を刺し入れた時には、淫蜜が太腿までじくじくと溢れていた。

「こんなに、濡れて――」

「ん、あぁ、あ」

長い指がぬるりと秘裂の中心に押し入ると、百合香は額に玉のような汗を浮かべて、再び軽く達してしまう。

だが指だけではとても足りない。百合香は床に膝を着き、島本のスパッツに手をかけて引き下ろした。

すでに彼の一物は臍に届きそうなほどに、屹立していた。

それは長大で、赤黒くそそり立ち、息を呑むほどに逞しい。

「やぁ、大きい……」

百合香は両手で脈打つ陰茎を包み、ほおずりした。ぴくんと肉胴が震え、鈴口から溢れた先走りが、百合香の顔を淫らに濡らす。

「すてきよ」

百合香は男根の先端にちゅっちゅっとキスを繰り返し、赤い舌を差し出して、傘の張った亀頭の周囲をちろちろとなぞった。

「う――」

島本の密やかなうなり声で、百合香の獣欲に火が点く。

「あむ……ん、んんっ」

思い切り口を開き、極太の男根を咥え込んだ。

ぷんと男臭い香りが鼻腔を満たした瞬間、秘所がきゅんと締まり、淫らな気持ちがますます迫り上がってくる。

「んん、ふ、んぅ、んんんっ」

長大な剛直は、咽喉奥まで突き刺さりそうで、嘔吐きそうになるのを堪えて、頭を振り立てた。

脈打つ血管が幾つも走る肉幹に沿って、唾液をまぶしながら舐め上げ、亀頭の括れを辿り、側面を舐め下ろす。ぐんと肉棒の硬度が増し、ひっきりなしに吹きこぼれる先走り液と唾液で、口の周囲がべとべとになった。

「ああ、もう、お願い、待てないの。挿入れて……」

責め立てるような欲望に耐え切れず、百合香は島本に背を向け、自分でパンティを引き下ろした。外気に晒され剝き出しになった尻肌に、さっと鳥肌が立つのがわかる。

とろりと止めどなく溢れた愛蜜が、太腿を伝わって膝まで垂れていく。

島本には、自分の淫唇が物欲しげにぱくぱく開閉を繰り返しているのが、丸見えだろう。恥ずかしくて肌が熱く灼けてくる。

島本が背後で深い吐息を吐くと、後ろから覆い被さってきた。

「来て」

両手を後ろに回し、自分で尻肉をつかんで左右に押し開いた。くぱっと淫唇が開き、そこにすうっと空気が流れ込むひんやりした感触に、ぞくっと足が震えた。

「百合香」

島本の手が背後から百合香の細い顎をつかみ、噛み付くようなキスを仕掛けてくる。それと同時に、蜜口に熱いみっしりした肉塊が押し当たり、一気にずぶりと貫いてきた。

「ああーっ、あっ」

子宮口までずずんと重く突き上げられ、百合香は瞬時に達してしまった。

脳芯が真っ白に染まるほど、感じてしまう。

「あ、あぁ、あ」

壁面の手すりバーをぎゅっとつかんで、頽《くず》れないように必死で耐えた。

「すごい――奥までずっぽり挿入ったよ――ひょっとして、もうイッた？」

根元まで押し入れた島本が、耳穴に熱い息を吹きかけながら言う。

「いや……言わないで……ぁ、あ」

膣襞が心地好さにぴくぴく小刻みに震えた。

「熱くて熟れてる――こんなお○んこ、初めてだ」

おもむろに引き抜かれ、再びずんと突き上げられた。

「はぁあ、あ、ぁ」

再び激しくエクスタシーを極める。

島本が百合香の尻肉をきつく摑み、本格的な抽挿を開始した。

「はぁっ、あ、はあぁ、はぁ」

臍の裏の感じやすい膨れた側面をごりごりと抉られ、気持ちよすぎておかしくなりそうだ。島本の充溢《じゅういつ》した肉棒が最奥まで抉ってくると、子宮の入り口が亀頭を包み込み、きゅうきゅうと締め上げてしまう。

「うぉ、お、いい、お○んこ、きつくて――」

島本が引き締まった尻を押し回し、灼け付く媚肉をぐちゃぐちゃに掻き回す。

腰を穿ちながら、島本の指がそろそろと菊座をなぞってくる感触に、百合香はびくんと腰を浮かせた。

「あっ、や、そこ……っ」

アナルを弄られた経験は、あまりなかったのだ。

「ここ、あまり使ったことないの？」

島本が息を弾ませ、親指で溢れた愛液を掬い取り、肛門をリズミカルに刺激してきた。

「や、だめ、あ、だめよ……っ」

ぐいぐい揺さぶられながら、百合香は背中越しに振り返って懇願する。

親指の先端がきゅっきゅっとアナルに入り込むと、背骨に響くような不可思議な愉悦が生まれてきた。

「んんぁ、あ、は、はぁっぁ」

「ほら、ここも気持ち好くなってきた」

島本が腰を律動させながら、アナルに押し込んだ指先も同じリズムで蠢かせた。

「ひ、はぁ、だめ、あ、だめ、なんだか……へんに……っ」

「そう言いながら、奥が吸い付いてくる」

島本は浅瀬で小刻みに揺さぶったり、最奥で抉るように突き上げたりと、多彩な動きで百合香を翻弄した。

ざぷざぷと愛液が噴き出し、自分の汗と島本の汗が混じり、卑猥で艶めかし匂いがつんと鼻の奥を刺激した。

（ああ、こんな獣みたいなセックス、初めて……おかしくなっちゃう）

島本の剛直で目一杯押し広げられた膣壁が、感じるたびに逆らうようにぎゅっと肉胴を締め付ける。気がつくと、アナルに突き入れられた指は、第一関節の辺りまで潜り込んでいる。じわっと灼け付くような熱さが、菊座の奥から迫り上がり、怖気が全身に走った。

「あぁ、あ、いやぁ、あぁ、イッちゃう、あぁ、イ、クっぅ」

百合香は背中を仰け反らし、激しい快感のうねりに身を任せた。

がくりと手すりバーに額を押し付けて、深い呼吸を繰り返していると、まだ果てていない島本の肉茎が、がむしゃらに突き上げてきた。

「ひぃ、ひいいっ」

再び絶頂に追いやられ、百合香は目を見開く。

「もっと、もっとイカしてあげる」

アナルに突き立てられた指がぬるりと抜けると、それが股間をいじり、ぐっしょり濡れた花弁を開き、熟れたクリトリスに触れてくる。

「きゃ、だめ、そこだめ、しないで、そこぉ……っ」

しなやかな指先が、淫核を小刻みに揺さぶった。

そうしながら、島本は腰の角度を変え、恥骨のすぐ裏側の少し浅い箇所をずくずくと突いてきた。

「やぁ、だめ、そこ、あ、だめぇ……っ」

そこを圧迫されると、激しい排尿にも似た感覚が湧き上がり、同時に目も眩むような快感も襲ってくる。

「や、しないで、そこだめ、あ、なんだか、あ、漏れちゃう、漏れて……っ」

なにかが溢れそうな予感に、百合香は必死で膣口を締めて停めようとした。

「すごい、締まる——いいよ、漏らして」

こりこりとクリトリスを抉じりながら、執拗にそこを責め立てられた。

「だめぇ、だめだめ、あ、あ、出ちゃう……あぁ、あああぁっ」

激しい突き上げに耐えきれず、泣き声のような嬌声を上げた。

じゅわあっと、さらさらした大量の潮が噴き出し、二人の繋ぎ目から股間を、びしょびしょに濡らした。それでもかまわず、島本は抜き差しを繰り返す。

「やぁ、だめ、もう、イッたのぉ、もう、だめぇえっ」

耐えきれない喜悦に、百合香は目尻から涙をぽろぽろこぼし、首をいやいやと振った。

「いいね、いい、すごく——」

島本はひときわ激しく最奥を揺さぶり、ふいにびくびくと腰を震わせた。

「っ——出す、出すよっ」

「あ、あぁ、あぁぁっ」

脳天まで突き抜ける快感に、百合香は我を忘れた。

子宮口に、熱く大量の白濁が噴き上がる。

「あぁあ、あ、熱い……あぁああっ」

百合香は下肢を痙攣させ、最後のエクスタシーを極めた。

欲望を吐き出した島本が、素早くペニスを抜き出し、まだ大きく開いている媚腔に指を二本揃えて突き入れた。

「やぁあ、あ、あぁあっ」

ぬかるみをぐちゃぐちゃと掻き回され、己の愛潮と男のスペルマが混じったものが、大量に掻き出され、ぽたぽたと磨き上げられた床に滴った。

「ああ、すごい、潮が――」

感に堪えたような声を出し、おもむろに島本は膝を折り、ぽっかり開いた百合香の淫腔にぶちゅっと口をつけた。

「だめぇ、汚いのに……んぅ、あ、あぁっ」

島本が飢えた獣のように、溢れる潮を啜った。

「だめぇ、こんなの、こんな……あぁん、あんんぅ」

目眩がしそうなほど卑猥な行為に、百合香は全身が震えた。

島本はぴちゃぴちゃと猥りがましい音を立てて、媚肉からアナル、太腿までねっとりと舐め尽くした。

百合香は意識が混濁し、ぐったりと手すりバーにもたれ、されるがままになっていた。

ライオンに喰らわれている獲物のように、身動きもできなかった。

鍛え抜かれた肉体の島本とのセックスは、今まで知らなかったタブーを犯す性の世界に、百合香を引きずり込んだ。

島本はもともとプロダンサーを目指していたが、アキレス腱の負傷などにより、長時間踊ることが難しくなり、断念したという。講師の仕事は、一見華やかそうだが、金持ち相手には身だしなみも整えねばならず、意外に出費が多いのが悩みという。

百合香は島本に、ブランドの服やアクセサリーをプレゼントするようになった。島本は素直に喜び、百合香を抱く。

ひと気の無くなった更衣室で、立ったまま激しく交わった。特別授業と称してレッスン場を借り、ダンスをしながら気持ちが昂り、身体を繋げてしまうことも多々あった。夜の公園での野外セックスも体験した。

彼の荒々しくワイルドなセックスに、百合香はのめり込んだ。

指を挿入されてのアナルでイクことも覚えた。

生まれて初めて、奔放なセックスの味を知ったのだ。

(もう、私は今までの自分と違うんだわ。ワンランク上の世界に行ったのよ)

第五章　堕ちていく感覚

「やっぱりXEはスポーツモデルが正解だね。ハンドリングが全然違うな」

もうすぐダンスの発表会だという土曜日。

百合香は島本と、箱根でドライブを楽しんでいた。

島本が運転する真っ赤なジャガーは、百合香が買ったものだ。

車好きの彼の望むまま、最新モデルを購入した。

「この車の助手席に載せるのは、百合香だけだよ」

そう甘くささやかれると、女としての自尊心が心地好く満たされた。

「発表会には、総レースのウェディングドレスみたいな真っ白いドレスを作ろうと思ってるの。もちろん、先生がパートナーで」

西洋の彫刻のような端整な島本の横顔をうっとり見つめながら、百合香は言う。

「いいねプリンセスみたいだ。さしずめ僕は、王子様ってとこかな」

「ふふっ」

歯の浮くような台詞も島本なら様になっていて、百合香は頰を染めて笑った。

芦ノ湖スカイラインを上り、山伏峠の展望台で景色を堪能した。

駐車場に戻ると、ふと、百合香はぴかぴかの新車を運転してみたくなった。

免許は持っているが、ほとんどペーパードライバーといっていい。だが、島本と二人きりで郊外にいるという開放感が、彼女の気持ちを緩めていた。

「ね、下りだけ、私が運転してもいいかしら」

島本は、一瞬心配げに百合香を見た。

「うーん——でもまあ、この先はわりとカーブもないし、いいかな」

「わ、嬉しい！」

百合香は運転席に座った。

ここから有名な温泉宿に向かい、島本と一泊する予定だ。

今日は前から圭吾の出張が入っていて、百合香は密かに二人だけの一泊旅行を計画していたのだ。

エンジンをかけると、ターボがかかって小気味好い排気音がする。

ゆっくりハンドルを切って駐車場を出て、車道に出た。

「わあ、運転席って景色が違うわね」

「ちゃんと前を向いて運転してくれよ」

さすがにスピードを出すことは憚《はばか》られ、低速で慎重に運転した。

天気は快晴で、富士山がくっきりと美しく見えた。

と、ふいに背後で乱暴にクラクションが鳴らされた。

百合香はびくりとして、バックミラーを覗き込んだ。

後ろに黒塗りのスモークガラスのベンツが、ぴったりと付いている。

「やだ——早く行けってことかしら」

この道は一車線で、追い越し禁止だ。

百合香は焦ってアクセルを踏み込もうとしたが、島本が慌てて声をかけた。

「この先は下りのカーブが続くから、スピードは出さない方がいい。こちらは法定速度で走っているんだ、煽られちゃだめだよ」

「う、うん、わかったわ」

ちらちらバックミラーに目をやりながら、運転を続けた。

再び背後でクラクションが鳴る。

二見文庫

FUTAMI BUNKO

http://www.futami.co.jp/

「マナーが悪いな」

島本が顔をしかめた。

「もう少し行くと、ドライブインがあるから、そこで運転を代わろう」

百合香は緊張してハンドルを握りながら、こくんとうなずいた。

『この先３００メートル、ドライブイン有り』

看板が目に入り、ほっとしたその瞬間、ぶおんと大きなエンジン音と共に、後ろのベンツが対向車線にはみ出して、追い越しをかけてきた。

「あっ」

焦った百合香は、ブレーキをかけようとして、うっかりアクセルを踏み込んでしまった。追い抜こうとしたベンツがすぐ横に迫った。

がりっ、と車体が擦れる嫌な音がした。

ききーっ。

ジャガーの前に入ったベンツが、前方で急停止し、百合香も慌ててブレーキをかけた。がくんと車が停止し、背中にどっと冷や汗が流れた。

ベンツから、黒スーツで坊主頭の中年男が下りてきて、こちらに大股で近寄ってくる。ずんぐりしていて、顎が割れていかつい顔つきだ。キツネのように細い目の眼光が鋭く、異様な迫力があった。

男は運転席の窓をどんどんと乱暴に叩いた。

「おいっ、出てこいよ」

百合香と島本は顔を見合わせた。

「大丈夫、悪いのは相手だから」

島本に促されて、二人は車を出た。

男の身長は、ヒールを履いた百合香と同じ位だった。だが全身から漂う異様な迫力で、ひとまわり大きく見える。

彼は糸のように細い目を不気味に光らせ、どすの利いた声を出した。

「車に傷がついちまったぜ！　どうしてくれるんだ」

百合香は思わず島本の後ろに身を隠した。

「そちらが無理な追い越しをかけてきたんでしょう。こちらは何も悪くない」

島本が語気を強めて言うと、男は胸をそびやかすようにして島本に眼《がん》を付けた。

尋常でない目つきに、島本の身体に緊張が走るのを、身を寄せていた百合香は感じた。

「はあ？　兄ちゃん。奥さんがちんたら運転しているせいだろうが。あのベンツ、知り合いから借りてんだ。ちょいそのスジのお方だぜ。どうすんのよ」

ヤクザ絡みを匂わされ、島本は一瞬声を飲んだが、百合香の手前もあってか、まだ態度は崩さなかった。

「そういう脅迫めいたことを言われても、こちらには非がない」

「ふん」

男は鼻を鳴らし、島本に身を寄せている百合香をじろりと見た。

「まあそこまで言うんならさ、出るとこ出ようぜ。警察、行こうか」

島本の肩がぴくんと上がり、百合香は思わず彼の袖をぎゅっと握りしめた。

独身の島本はともかく、百合香は不倫行為を暴かれたくない。いや、島本も、教室の生徒と懇《ねんご》ろになっていることが公になったら、今の職場にはいられないかもしれない。

二人が明らかに動揺したのを見て取ると、男は口元に野卑な笑みを浮かべた。

「おやぁ、お二人は、警察に行くとまずいのかな」

島本がかっとして一歩前に出ようとするのを、百合香は必死で押しとどめた。

彼女はさっと自分が前に出て、男に懇願した。

「ごめんなさい。私の不注意なの。あの、どうかこれで――」

百合香は手にしていたバッグから、百万円の札束をひとつ取り出した。

「じ、示談ということにしてください」

男の視線が札束に釘付けになる。

彼は探るような顔で百合香を一瞥してから、手を出した。

「ふん、そういうことなら、今回は手を打つよ」

男は札束を受け取ると、さっとスーツの内ポケットに押し込んだ。それと入れ違いに、一枚の名刺を取り出した。

「俺は逃げも隠れもしないからさ」

百合香は震える指で名刺を受け取る。

『○○組　○○支部　千堂剛《せんどうつよし》』

身体から血の気が引いた。

やはりヤクザがらみの男だったのだ。

「じゃ、次からは運転に気を付けな」

千堂という男は、そのまま背を向けベンツに乗り込んだ。

ベンツが走り去るまで、島本と百合香は呆然と立ち尽くしていた。

「――やばかったな」

完全にベンツが見えなくなると、ほっとしたように島本が口を開いた。

「ほんと、足がすくんだわ。怖かった……」

百合香は島本にぐったりと身をもたせかけた。

「あとは、僕が運転するよ」

島本が肩を支えた。

「ええ、頼むわ。もう運転はこりごりよ」

二人は顔を見合わせて、苦笑いした。

しばらく下り坂を運転していた島本は、ふいにハンドルを切って脇道に入った。

「あ？」

舗装されていない山道をがたがた車を進めていく島本に、百合香は怪訝な表情をした。

「さっきさ、すごく緊張したけど——」

生い茂る藪の側に車を止めた島本が、助手席の百合香に顔を向けた。

「興奮、しなかった？」

百合香は島本の息が荒くなっているのに気がついた。

確かに、千堂に睨まれた時、恐怖に震え上がったが、同時にきゅっと下半身が引き締まるような昂りも覚えた。

「恐怖と性欲って、背中合わせだっていうよ」

ふいに、島本が助手席のレバーを引いた。

「きゃっ」

シートががくんと後ろへ倒れ、もろとも仰向けになった百合香に、島本が性急に覆い被さってくる。

「あ、だめ……っ」

島本を押しのけようとしたが、首筋に男の熱い息がかかると、背中がぶるっと甘く震えた。

「カーセックスって、興奮しない?」

耳元で艶めいてささやかれ、まだ愛撫もろくに受けていないのに、ブラジャーの内側で乳首がつんと尖り、秘裂がむずむず疼いた。

「ん……先生——」

二人は互いの唇にむしゃぶりつき、身体を擦り合わせるようにして、それぞれのズボンとスカートを緩め、下着を引き下ろした。

「ふぁ、ん、んぅ」

衣擦れの音にすら興奮が増し、百合香の蜜口から淫らな蜜が溢れてくる。じんじん痛いほど媚襞が疼き、百合香は剝き出しになった男の尻を撫で回した。

「あぁ、早く……」

島本の股間を手でまさぐると、そこは猛々しく勃起しており、手の平で脈打つ血管の鼓動に、胸が熱い期待に膨れた。ぎゅっと漲ったペニスを握ると、子宮口がきゅんと締まった。

「挿入れて、もう、お願い……」

足を大きく開き、股間をざりざりした島本の陰毛に擦り付けてねだる。

「百合香——」

島本の剛直が、潤みきった淫唇を割り、ずるりと侵入してくる。

「あぁ、はあぁっ、い、いいっ」

四肢が甘く痺れ、百合香は快感に喘いだ。

「んんぅ、あん、もっと、もっと……」

自ら腰を突き上げ、男の抽挿に合わせる。

恥骨の裏の感じやすい箇所がごりごり擦れ、気持ちよくてたまらない。

「あぁ、そこ、あ、そこ、もっと、ああ、もっとよ」

こんなにあっという間に欲情したのは初めてかもしれない。

初めて経験した、ヤクザな男との対面の恐怖と緊張感は、不可思議な刺激を百合香に与えた。

「あ、あぁ、気持ちいいっ、もっと突いて、あぁ、もっと……」

「百合香、こうか？」

「そう、そこ、あぁ、はぁあっ、イクっ、あ、もう、イッちゃうっ」

二人は上になり下になり、激しく交わった。

車が二人の交合にぎしぎし揺れた。

頭も身体も快楽で満たされ、百合香は千堂という男の存在も、すっかり忘れ果てていた。

百合香が箱根の一泊旅行から戻って、二、三日後のことだった。

その日、百合香は渋谷のダンス衣装専門店に赴き、注文していた発表会用のドレスの試着をした。

オーダーメイドのドレスは、総額で百五十万もかかったが、身体の寸法にぴったり合って、信じられないくらいスタイルよく美しく百合香を引き立てた。

機嫌よく店を出た百合香は、そのまままっすぐマンションに帰宅し、急いで普段着に着替えた。今日は、夫の圭吾が家で夕食を摂ると言っていたので、夕飯の買い物に出ようと思ったのだ。

マンションの玄関ロビーまで下りてくると、強化ガラスのドアの向こうに佇む男の影が目に入り、ぎくりと足を止めた。

坊主頭と、ずんぐりした無骨な姿に、見覚えがあった。

（あの男――まさか……千堂とかいう）

心臓がばくばくいい始める。

どうして千堂がそこにいるのかわからないが、百合香を待っているのだろうということは予測がついた。そのまま自宅へ戻ってしまおうかと思ったが、肩をそびやかして立っている彼はひどく目立ち、マンションに出入りする住民たちが、怪訝そうに彼を見ていく。

（もし、あの男が、帰宅してきた圭吾に声なんかかけてきたら……）

恐怖で息が詰まった。

百合香は生唾を呑み込み、ゆっくりエントランスに入っていった。

「や、奥さん。お待ちしてたんですよ」

百合香の姿を見て、躊躇なく千堂が声をかけてきた。

百合香は声を潜めて言った。

「……な、なんの用なの？　どうして、ここに？」

千堂が野太い声を出す。

「いやね、あの時さ、お宅の車のナンバー、こっそり写メしといたの。あとでさ、所有者調べたんだ。そういう名簿が、うちらんとこには出回ってるんで、すぐわかったよ。奥さんの名義だったね。西田百合香、さん」

腹の底から恐怖が込み上げる。

足ががくがく震えてくる。

「どういう、つもり？」

千堂がにたりと笑った。煙草のヤニに染まった黄色い歯が覗く。

「いやね、奥さん、立ち話もなんでしょ。近所に俺の車止めてあるからさ、そこで話そうか」

千堂は百合香が付いてくるのが当然とばかりに、背中を向けてゆうゆうと歩き出す。百合香は見えない糸にでも引かれるように、ふらふらとその後を追った。

マンションの近くのコインパーキングに、見覚えのあるベンツが止めてあった。

先日擦った箇所は、きれいに修繕されてあった。

「さ、どうぞ」

先に運転席に入った千堂が、中から助手席のドアを開いた。

頽れるように助手席に座り込んだ。ベンツの中は、煙草臭かった。

「奥さん、今日はまた随分、地味な格好だねぇ。こないだは大金持ちのマダムと思ってたけど、案外普通の奥さんじゃん。この間のデートの色男は、愛人だろ？ 旦那は、住宅販売の斡旋を手広くやってる人だって？」

千堂は不躾《ぶしつけ》な視線を百合香に投げてくる。

すでに千堂は、百合香の身辺を調べ上げているのだ。

「は、話って、なに？ お、お金がもっと欲しいの？」

百合香は声が掠れ、身体の震えを止めることができなかった。

「うん、お金ね。もちろん、欲しいんだけど。奥さん、出せるの？」

百合香はくらくらする頭の中で、キャリーバッグに残っている金を思い浮かべた。

この半年で、三億あった金は、五千万ほどしか残っていない。

「い、一千万円くらいなら……その、私の貯金で……」

しどろもどろで言うと、千堂がごつい顔をぐいっと近づけ、金壺眼《かなつぼまなこ》で百合香の顔を凝視した。

「ふーん——じゃ、もらうかな。でも、それしかないの？」

百合香は心臓が縮み上がった。

「な、ないわ……」

「愛人に随分つぎ込んでるみたいだけど。全部、現金なの？」

百合香は質問の意味がわからず、口を閉ざした。

千堂がからかい気味に言う。

「ほら、こないだあんた、バッグからいきなり札束摑み出したじゃん。ちょっとびっくりしたわけ。普通さ、お金持ちの奥さんって、カード使うものじゃない？買い物袋から芋でも出すみたいな感じでさ、現金出してきたから」

この男は何が言いたいのだろう。

百合香は混乱する。

「奥さんの金、な、わけ？」

びくりと肩が竦んだ。

千堂が穴の空きそうなほど自分を見ている視線を感じたが、ただうつむいていた。

　ふいに千堂が身体を引いた。

「ま、いいや。取りあえず、一千万、寄越しな」

　息を凝らしていた百合香は、思わず深いため息を吐いた。すぐに家に金を取りに戻りたかったが、百合香の頭の隅で、なにか警戒警報のようなものが鳴った。

「銀行から——お、下ろさないと、手持ちがないから」

「あ、そ。じゃ、明日、また夕方来る。ここに車止めて、中にいるからさ」

　百合香はうなずき、一刻も早くその場を立ち去りたく、ドアを開けようとした。

「ばっくれようとか、無理だからね。こういう写メもあるんだ」

　千堂がスーツの内ポケットからスマートフォンを取り出し、画面をタップした。

「!?」

　そこに出された写真に、百合香は衝撃を受けた。

　ジャガーの中で、服をはだけて交わっている百合香と島本の姿だ。百合香が島本の上に跨がって、仰け反って喘いでいる。

「俺があのとき、その場からさっさといなくなったと思った？　も少し脅迫するネタでもあるだろうと、迂回して、あんたたちの車が来るのを待ち伏せてたんだ。

そしたら、いきなり山道に入って、おっぱじめて——お盛んなことだよなぁ」

千堂が画面をピンチアウトし、百合香の顔をアップにしてみせる。

うっとりと桃源郷を彷徨っている自分の表情。

「あ……ぁ」

百合香はショックのあまり腰が抜けて、その場にへなへなとしゃがみ込んでしまった。

「あらら、そんなに驚いた？　そんなとこでお漏らしとかしないでね。近所の目もあるでしょ。早く行ったら？」

揶揄するような千堂の声に、百合香は気力を振り絞って立ち上がった。その背中に、千堂が言う。

「また、明日な」


自宅に戻ると、百合香はすぐに島本にメールした。

「この間のベンツの男が、うちに来たの」

ほどなく、島本からレスポンスがあった。

「メールはまずい。今、電話する」

すぐに電話がきた。

「あの野郎、君の周辺を調べたらしく、僕のところにも来たんだ」

島本はダンス教室ではない、どこか街中で話しているらしく、会話の背後に雑踏の音が聞こえる。

「えっ？」

百合香はスマートフォンを持つ手が震えた。

「僕にも金の無心に来たんだ——手持ちの金を全部出したが、僕はたいして持っていなかったから、君のところに行ったんだな」

「ど、どうしたらいいの……？」

「あいつ、僕らの写真、見せたか？」

「え、ええ……」

「くそっ、そうか——」

島本が毒づくのを、初めて聞いた。

しばらく二人の間に沈黙が流れた。

「——先生、私、どうしよう……」

百合香は縋り付くような声で言った。

「僕は——あの教室を辞めることにする」

「えっ？」

島本の声は平坦だった。

「あの野郎、これ以上君に関わったら、僕の足をつぶしてやるみたいな脅迫しやがった——踊れなくなったら、僕はおしまいだ」

「せ、先生、でも、私は……？」

百合香は狼狽して泣き声になる。

「君は金持ちだろう。ああいう手合いは、金でなんとかなるから」

突き放した言い方に、百合香は嗚咽をこらえきれなかった。

「そ、そんな……私、お金なんか……」

「金が有り余っているから、社交ダンスになんかうつつを抜かせるんだろ？」

今まで金持ちセレブを気取ってきて、島本にもそう思わせてきたツケが、いま回ってきた。

「とにかく、僕たちは会わない方がいい。君のメルアドも電話番号もすべて消去するから。もう、他人になろう。いいね、じゃ——」

ぷつんと唐突に電話が切れた。

「——」

百合香は愕然として、床にへたり込んだ。

（ひ、ひどい……私一人で、あんな恐ろしい男、どうしたらいいの？）

足元から、底知れぬ深い闇の穴が広がっていくような気がした。

その夜、風邪を引いたと圭吾に言い訳し、先にベッドに潜り込んで頭まで毛布を被った。一昨年辺りに夫婦生活が間遠になってから、圭吾は主に居間のソファベッドで寝るようになっていた。寝室まで百合香の様子を見にくることはなかった。

百合香は一晩中、悶々としていた。

恐怖に頭がまっ白になってしまい、うまい解決策など何も思い浮かばず、やはり金で片付けるしかないのだと思った。

そして、タクヤといい島本といい、金だけで繋がれた男関係というのは、瞬時に崩壊するのだと、身に染みてわかった。

金の切れ目が縁の切れ目とはよく言ったものだ。

翌朝。

げっそりして目の周りに隈を作った百合香を見て、さすがに圭吾は顔色を変えた。

「お前、具合がひどそうだぞ。もう今日は休んでいろ。夕飯はどこかですませてくるから」

「……わかったわ」

どこかって愛人の所？　などという皮肉な考えも頭に浮かばない。圭吾が出社していくと、ぐったりとリビングのソファに身をもたせかけ、ぼんやりしていた。

ふと、島本のことが気にかかり、ダンス教室に電話をしてみた。

「誠に申し訳ありません。島本講師は、昨日付けでこのスタジオを辞めました」

受け付けの女性が事務的な声で言った。

「え……」

島本の身の引き方の素早さに、驚いた。

「大変ご迷惑おかけいたします。島本の担当していました西田様には、こちらが責任を持って他の講師に担当を振り分けさせていただきますから――」

「――いいえ。私、退会させてください」

百合香は口走っていた。

島本のいないダンス教室に通う意味はない。千堂の脅迫のせいで、もはやそんな気持ちの余裕は失われていた。

　あっという間に夕方になり、ひと目を気にしながら普段の地味な格好のまま、千堂が待つコインパーキングに向かう。もしかして来ていないのでは、という甘い期待は裏切られ、磨き上げられた黒塗りのベンツがすでに止まっている。

　百合香が近づくと、さっと助手席のドアが開く。

「待ってたぜ」

　千堂が馴れ馴れしく身を寄せてきたので、ぞっとして身体が強ばった。彼のヤニ臭い息が顔にかかる。

「お、お金……これ」

　バッグからスーパーのビニール袋に包んだ一千万円の札束を取り出し、千堂に差し出した。

「お」

　受け取った千堂は、素早く中身を検めた。

「ふーん……そうなんだ」

　なにか意味ありげな声の響きに、百合香は心臓が跳ね上がる。

「奥さん、これ、ほんとうに、銀行から下ろしてきたの？」

百合香は背中に冷たい汗が流れるのを感じる。

「そ、そうよ……」

「ふーん。帯がなくて、輪ゴム、なの？」

千堂の声は抑揚がなく静かだが、怒鳴りつけられるより恐怖感を覚えた。

この男は蛇のようだと、百合香は感じる。百合香に巻き付いて、じわじわと締め付けてくる。

「どうでもいいでしょ、お金に変わりないんだからっ」

息苦しさから逃れようと、百合香は声を荒くした。

千堂が細い目を見開き、まじまじとこちらを見る。

「へえ、言い返す度胸があるんだ」

百合香は心底怯えきっていたが、必死になって千堂を睨みつけた。

三億円を拾って以来、開き直りというか腹が据わったというか、自分の中の核みたいなものが変わってしまっているのがわかった。

（もう、どうとでもなれ、だわ）

正体不明の金に手を出してしまった今、自分が行き止まりに向かってまっすぐ突き進んでいるという、自暴自棄な感覚があった。

二人はしばらく睨み合っていた。

「まだ、ある？」

ふいに千堂が口を開いた。

百合香は心臓がばくばくしたが、必死で首を振った。

「も、もう、ない、から——」

「全部使っちゃったのかな？」

百合香はごくりと生唾を呑み込んだ。

千堂は見透かしたような笑みを浮かべた。

この男は、なにか知っているのか。心底怖くなり、百合香は声も出なかった。

「まだ残ってるんなら、俺に渡した方が、身のためだぜ」

千堂の声が一段と低くなり、百合香は歯がかちかち鳴った。

「——明日も、会えるかな？」

百合香は首をかすかに縦に振った。相手は海千山千で、とうてい平凡な主婦の自分が太刀打ちできるとは思えなかった。

「よし」

ふいに千堂のごつい手が伸びて、百合香の顔を撫でた。ぞうっとした。

「いいね、怯えてる奥さんの顔、すっごくセクシーだ」

百合香はその時、男と二人きりの密閉された空間にいることを意識した。

千堂の太い指が、百合香の頬や唇をなぞり、顎から首筋をねっとり撫で回した。

「あんた、セックス好きなんだろう？　あのカーセックスでの悶え方見りゃわかるよ。今までやりたくてやりたくて、金で男を言いなりにさせてたのか？」

恐怖で呼吸が乱れて、何も考えられない。

「あんたたちのセックスを覗き見してからさ、俺、奥さんのことばっかり考えてたんだぜ。金持ちの奥様然と着飾ってるのもそそられたけど、そうやって普通の奥さんの感じの方が、素人臭くて、かえっていやらしいね」

千堂の太い指が、唇を割って口腔に差し込まれた。そして、ねっとりと口の中を掻き回す。

その瞬間、信じられないことだが、きゅっと下腹部に異様な刺激が走った。

(恐怖と性欲は背中合わせだよ)

島本の言葉が脳裏に浮かび、百合香はぎゅっと目を瞑った。

「ちょっとだけ、しゃぶってくれよ」

指が抜け、千堂がズボンを緩める気配がした。

「ほら、早く」

髪をつかまれ、頭を引き下ろされる。痛みに思わず目を開くと、千堂の前を開いたズボンから、ぬっと不気味な肉塊が頭をもたげていた。

「ひ……」

百合香は息を呑んだ。

それは極太で赤黒く、不気味に漲ってそそり立っている。ここまでの大きさのモノは初めてだ。

何より驚愕したのは、裏筋に沿ってびっしりなにか丸いものが埋め込まれていることだった。

「これ、シリコンボール。昔は真珠なんか埋め込んでたらしいけど、こっちのが弾力があって、女はずっと感じるらしいぜ。ごりごり当たって気持ちいいって——」

あまりの異様さと迫力に、百合香は恐怖も忘れて見つめてしまう。

「見たことなかった？　ほら、どんな感じか咥えてみたくなったろう？」

頭を股間に押しやられ、むっと鼻をつく体臭に、百合香は我に返った。

「いや、お願い……こんなこと……できない」

涙声を出すが、泣き落としが通じる相手ではない。

「できるさ。さんざん、あのダンス野郎のちん○、しゃぶってきたんだろ？」

唇にぐっと亀頭の先端が押し当てられた。

鈴口からぬるぬるした先走りが漏れ、滑ったペニスが百合香の頬を撫でる。シリコンボールのごつごつした感触に、総毛だった。

「ふ……ぅ、んっ」

気がつくと、千堂の男根を咥えていた。

異様に笠の開いた先端を口に含むと、生々しく熱い味わいに息が詰まった。

「……く、んぅ、くぅん、ん」

くぐもった鼻息を漏らしながら、躊躇いがちに淫らな造形をした亀頭の回りを、舌でなぞった。

「うん、いいね――手でフクロも揉んでよ」

千堂が両手で百合香の頭を抱えて押さえつける。

「ふ、く、ぁ、あふぅ……」

言われるまま両手で陰嚢を包み込み、やわやわと揉みしだき、徐々に太棹を深く呑み込んでいく。

「ぐ、は、くぅう、んんぅ」

飛び出したシリコンボールが、口蓋や咽喉奥を擦る感触に、ぞわっと怖気《おぞけ》が走った。

フェラチオで、こんな刺激を受けるのは初めてだった。

深く呑み込み、ゆっくり頭を上下に振ると、ぐんと膨れた肉茎がますます口蓋を強く擦り、咽喉奥からじんじん疼くような感覚が迫り上がってきた。

「あ……はぁ、ふ、ふぁん、んん……」

熱く濡れた口腔を、硬い亀頭の先がぐりぐりと舌の上を擦っていく感触に、目眩がしそうだ。

「ちゅ……んふ、ぁふう、はぁん」

唇の端から溢れる唾液とともに、驚くほど大量に噴き出す先走り液を嚥下すると、かすかな酸味と塩味が官能を刺激してくる。

下腹部がじわりと疼き、思わず太腿をぎゅっと閉じ合わせた。

「おぅいい——奥さん、上手だな」

頭の上で、千堂が獣じみた唸り声を漏らした。

「ふぅ、んん、んっ、ふぅん」

艶かしい鼻息を漏らし、頭を上下に振り立てて唇で強く扱いた。必死にしゃぶっているうちに、千堂が敏感に反応する箇所がわかってきた。

裏筋と亀頭の繋ぎ目の辺りを、ちろちろと舌先で弾くと、千堂の息が大きく乱れ、頭を抱える手に力がこもる。

「ん……ふ、ちゅ、ちゅ、はふ」

ふいに口中で、男のペニスがびくんとしなった。

「お――出る、出るっ」

千堂が犬のように唸った。百合香は慌てて顔を上げようとしたが、彼の両手が頭をがっちりと股間に押し付けた。びくびくと巨根が口内で引き攣った。

次の瞬間、熱く滾《たぎ》った白濁が咽喉奥に発射され、青臭い匂いがぷんと鼻腔を満たした。驚くほど大量のスペルマが放出され、百合香は頭を振って逃れようとした。

「ぐ、ふ……う、うぐう、ううっ」

精液が唇の端から溢れ、喉元までねとねとと滴る。千堂の出すものは、驚くほど大量で、苦味が舌先を痺れさせる。

「そら、飲めよ。全部飲んじまえ」

千堂は腰を小刻みに振り立てながら、百合香の頭を強く押さえつけた。

「うぐ……うう、ううぐぅ……ごく……」

息が止まりそうな苦しさに、百合香は思わず粘つく白濁を嚥下した。

（いや、いやぁ……っ）

百合香は心の中で必死に抵抗したが、ねっとりしたスペルマはゆっくり胃の中に流れ落ちた。

嫌悪感と異様な興奮で、全身がかあっと火照った。

びくんびくんと何回も腰を震わせ、千堂がすべての精を出し尽くし、ようやく両手を離した。

「……う、ぐ、ごほ、ごほ……っ」

顔を上げた百合香は、屈辱の涙をぽろぽろこぼしながら咳き込んだ。粘度の強い精液が咽喉に張り付き、舌の上にいつまでも生臭い味が残った。

「あー、気持ちよかったよ。いいねぇ、あんた。なんか、ダンス男がハマる気がわかるよ」

ズボンのジッパーを上げて、千堂が満足げに言う。

百合香は虚ろな目をして、のろのろと乱れた髪を撫で付けた。口から溢れた精液の残滓《ざんし》が、髪の毛まで汚しているのに気がつき、背筋がぞっとした。

「じゃ、明日またここで。時間はもう少し早い方がいいな。午後一時頃がいい。まだ金があるなら、全部持ってきた方が、あんたのためだぜ」

助手席のドアを開けながら。千堂が少しどすの利いた声を出した。

百合香は無言で車を降り、振り返らず一目散にマンションまで走った。

夢中で部屋に戻り、浴室に飛び込む。

服のまま、思い切りシャワーをひねった。

ざあっと、熱い湯が頭から降り注ぐ。

「熱っ」

また圭吾が熱湯のままにしてあった。

だが百合香はそのまま湯を浴び続けた。胃がむかむかして、床に嘔吐いたが、吐くことができない。

千堂の精液が胃壁にべったり張り付いている感じがして、熱い湯を浴びているのに悪寒が止まらない。

(どうしよう、どうしたら……誰か、助けて……!)

百合香はがたがた震える身体をぎゅっと両手で抱きしめ、その場にうずくまった。

「風邪かもしれないから、今日は医者にいけよ」

翌日、真っ青な顔色の百合香に、圭吾が労《いたわ》るような声をかけた。

気分が悪くて起き上がれないという彼女を、圭吾は寝室まで様子を見にきてくれたのだ。普段は素っ気ないが、こういう時はまだ夫婦なのだという実感がして、百合香は胸がじんとした。

いっそ圭吾になにもかも打ち明けてしまおうか、と思った。

だが、これまでの自分の淫行をすべて話す勇気は出なかった。圭吾にまで見捨てられたら、どこにも行き場がないと思った。

昼までベッドに潜り込んでいたが、何の解決策も浮かばないまま、のろのろ起き上がった。

キッチンの納戸からキャリーバッグを出し、残った札束をすべて取り出した。

キャリーバッグがぺちゃんこになった。

（拾った時は、こんな大金、どうしようと狼狽えていたのに……）

苦い笑いが浮かんでくる。

昼過ぎに金を入れたセカンドバッグを持ってコインパーキングに向かった。千堂に全額渡して、なんとか納得してもらおうと思った。

すでに止まっていたベンツに乗り込むと、運転席の千堂にセカンドバッグを押し付けた。

「もう、これしかないの。私の持っているお金は、これで全部」

切実な声を出す。千堂が無言でバッグの中をあらためた。

「ふーん、随分と散財しちゃったんだねぇ」

百合香の脈動が速まる。千堂はなにか知っているのかもしれない。だがきっとよくない話に違いない。知りたくない。もうこれで、手を切りたい。

「お願い。夫からは最低限の生活費しかもらえないの。私にこれ以上のお金をせびっても、無理よ。どうか、もう見逃して。お願いします」

頭を深々と下げて懇願した。

突如、千堂がエンジンをかけた。

百合香はぎょっとして顔を上げた。

千堂は無人の清算口に料金を払い、開いたゲートから車道に出た。

「ど、どこに行くの？　下ろして！」

ハンドルを握りスピードを上げながら、千堂が野卑に笑った。

「奥さんと、ゆっくり話をしたいんだな。車の中じゃ、落ち着かないじゃない」

百合香はぞっとしてすくみ上がる。

「だから、お金はもうないんです！」

悲鳴のように声を上げると、千堂が冷ややかな声を出す。

「その金さ、ヤバイ金じゃない？」

「っ——」

百合香は声を呑んだ。確かに千堂は、なにか知っているのだ。

しばらく街道沿いを飛ばしたベンツは、少し郊外まで走り、最初に目についたラブホテルに入った。ベンツが停止したとき、百合香は頭が真っ白になっていた。

千堂に腕を引かれて、操り人形のようにぎくしゃくと部屋に入った。

一面鏡張りの、大きな円形ベッドが部屋の大半を占めている趣味の悪い部屋だ。

千堂がそのベッドの端に腰を下ろし、百合香から受け取ったセカンドバッグをぽんと、投げ出した。そして、スーツの内ポケットから煙草を取り出して火を着けた。百合香は呆然と立ち尽くしている。

ふーっと深く煙を吐き出した千堂が、おもむろに話し出した。

「ウチの組とさ、ずっとタイマン張ってる組があってさ。そっから流れてきた話なんだがね」

いったん煙草を吸い、百合香の反応を窺うようにこちらを見る。百合香は、足が小刻みに震えてくるのを感じた。悪い予感がびんびんした。

「その組の下っ端がさ、薬にハマって、事務所の金庫から大量の現金を盗み出して逃走したんだって。だけど、そいつ、途中でブルッちまって、スケの部屋でチャカで自殺しちまったんだ。んで、金だけ行方がわかんないままなんだって。そいつ、都内のあちこちちょろちょろ逃げ回ってて、金の隠し場所が特定出来ないみたいでさ。あっちの組のやつらは、躍起になって探してるって話だ」

一気に言うと、千堂は金壺眼を不気味に光らせた。

「金は全部古札で、百万ごとに輪ゴムで束ねてあったらしいぜ」

百合香は全身ががくがく震え、床に頽れた。

「わ……たし……」

自分が恐ろしい泥沼にはまってしまったようで、まともに思考が働かない。

「あんたも随分思い切ったね。残りはあれだけで、全部使っちまったんだろ」

千堂がバッグを煙草で指した。

百合香は機械的にこくりとうなずく。どうしていいかわからない。ある意味、警察よりも恐ろしいものを相手にしていたのか――。

千堂は腑抜けたようになっている百合香に、意外にも笑い声で話しかけた。

「ははっ、そんな深刻にならなくってもいいさ。だって、もう一円も残っていないんだ。証拠隠滅さ」

千堂が煙草をサイドボードの上の灰皿に擦り付けた。

「俺さえだまってりゃ、あんた、だいじょうぶさ。な、だから――」

千堂の声が低くなる。

「脱ぐんだ」

百合香は視線の定まらない目で、男を見上げた。

もはや自分は、蛇に睨まれた蛙のようなものだ、と思った。

のろのろと立ち上がると、ユニク〇のシャツのボタンを外し出す。下着も全部脱ぎ、だらりと両手を脇に垂らした。

千堂がじいっと検分するように見ている。

「うん、悪くないじゃない。けっこう金かけてエステとかに通ったのかな。ヤリマンだと思ったけど、乳首なんか処女みたいなピンクだし、あんたの持ち味なんだろうな。人妻なのにどこか初々しくて、すげぇそそるね」

百合香は、ぼんやりと他人ごとのように彼の声を聞いていた。

「んじゃ、ベッドに上がってお◯んこ、見せてよ」

ふいに百合香は感情が動いた。

「お願い……もう……」

ぽろぽろ涙がこぼれた。

「他人の金でさんざんいい思いしたツケだろが」

千堂の声に凄みが加わるのを感じ、百合香は震え上がってベッドに乗った。

ベッドヘッドまで下がって尻を着いて、そろそろと膝を開く。

ベッドの端に座っていた千堂が、彼女に向き直って言う。

「両手で開いて、奥まで見せろ」

「うう……」

啜り泣きながら、両手で秘所を押し広げた。死にたいほど恥ずかしい。股間に、千堂の視線が鋭く突き刺さるのを感じる。

「うん、思ったよりずっといい色だ。充分熟れてるしね——じゃ、自分でいじって濡らしてみせて」

百合香は華奢な肩を震わせた。

「で、できません……そんなこと……許して……」

「やれって言ってんだ」

ぴしりと言われ、嗚咽を噛み殺して、おずおずと陰唇をまさぐった。

「……ぅ、うう……」

片手で乳房を撫で回すと、恐怖のためか乳首がすでに硬く尖っていた。指先で凝った乳首を揉みほぐすように、撫で擦った。

「ぁ……っ」

ぴくんと腰が浮いた。信じられないくらい敏感になっていた。ひくりと媚肉の奥が甘く疼くのを感じ、頭がくらくらする。

「なんだ、もう濡れてきてるぜ」

千堂がからかうように言う。

「や……っ」

開いた陰唇に触れると、ぬるっと指が滑った。自分でも驚くほど濡れていて、そのとき初めて、異様な興奮が全身を犯しているのに気がついた。

そっとクリトリスを探ってみると、今までにないほど充血して脈打ち、膨れ上がっている。ここに触れたらどうなるか、自分の中のなけなしの理性が危険信号を鳴らした。

「手が止まったぜ。続けろよ」

促されて百合香は、いやいやと首を振った。

「もう——これ以上、許して、だめなの……！」

クリトリスまでの数ミリ先に、恐ろしい堕落の地獄が待ち受けている予感がした。

「だめになれよ、その方が楽だぜ」

千堂の声がおもねるような響きになる。さすがにヤクザだけあり、脅したりすかしたりがうまい。

「うぅ……」

追いつめられた百合香は、ひりつくクリトリスを指先でぬるぬると転がした。

「は、あ、あっ、あぁ」

腰が浮くほど感じてしまう。

開ききった秘裂を掻き混ぜるように指を動かすと、くちゅくちゅと愛液の泡立つ卑猥な音が響いた。その音がまた羞恥心を煽り、身体全体がかあっと熱く燃え上がってくる。

「あん、ん、んっ……ぁあん」

片手で凝った乳首を転がすのと同時に、同じリズムでクリトリスを撫で回すと、媚肉の奥がざわめいて腰が突き上げるように揺らめいてしまう。

「おい、すげえな——シーツがびしょびしょになるほど垂れてきたぜ」

千堂の声が情欲に掠れ、息が上がってくるのがわかった。

「あぁ、いやぁ、言わないで、あ、ぁん、あぁん……」

羞恥と恐怖と惨めさが渾然一体となり、全身が研ぎすまされたように鋭敏になっていた。

じんじん疼く乳首を、指先で掠めるようにして素早く上下に撫でながら、クリトリスを捏ねるようにいじっていると、子宮の奥がきゅーんと収縮し、膣襞が飢えて満たして欲しくてひくひくする。

「ん、んぅ、も、だめ、あ、いやぁあ……も、だめなのぉ」

背中を仰け反らし、濡れた眼差しで千堂を凝視すると、少し息を荒くした彼が、おもむろにズボンの前を緩めた。

昂奮に昂るペニスを摑み出す。

「これが欲しいか？」

一面にシリコンボールを埋め込んだ異様で巨大な屹立を目にしたとたん、百合香の膣壁がさらにぴくりと戦慄した。

（ああ……あんなもので掻き回されたら……）

蜜口がさらに愛液を溢れさせ、男を誘うように秘裂がぱくぱくと開閉する。

もはやクリトリスの快感はＭＡＸに達していて、百合香は指の動きを一気に速めて、エクスタシーを貪った。

「あ、あぁぁん、イ、イクっ、あぁ、イクぅうっ」

クリトリスで極めた瞬間、ひくつく秘所の中へ指を突き入れ、恥骨のすぐ裏側の感じやすい部分を突き上げた。

「はぁあ、あぁぁっ、あっ、あっ……」

びくんびくんと腰が震え、淫らに達してしまう。

「……はぁ、は、あ、ぁ、あぁ……」

赤く充血した媚肉を内側に巻き込むようにして、花唇が淫猥に開閉し、とろとろと愛蜜を吐き出した。

「は——ちん○見ただけで、イッちまうなんて、どんだけエッチなんだよ、あんた」

千堂が揶揄するが、すでに羞恥の一線を越えてしまった百合香は、せつなく彼を見つめるだけだった。

「お○んこ、まだびくびくしてるじゃないか。指じゃ物足りないんだろう？突っ込まれたいか？」

千堂がびんびんに硬化した自分の男根を握って、焦らすように振った。鈴口から溢れた先走りが、ぴゅっと糸を引いて飛び散った。

「……ぁ、ああ……」

百合香の濡れ襞は、苦しいくらいに蠢動した。

金は尽き、千堂に弱みを握られ、彼の目の前でオナニーで達してしまい、もはや追いつめられ、恥辱にすすり泣いた。

百合香は濡れた指で蜜口を思い切り開き、媚肉をびくつかせ淫蜜をだだ漏らしにして、千堂に懇願した。

「ほ、欲しいの……挿入れて……お願い……ぐちゃぐちゃに掻き回して……」

千堂が口の端を持ち上げて、にやりと笑った。

「奥さんにそこまで言われちゃあ、仕方ねえな」

千堂が乱暴に上着とシャツを脱ぎ去った。

岩のようなゴツい肩から背中にかけて、龍の刺青が彫ってあった。

百合香はその極彩色の刺青を目の当たりにして、視界がぐらぐら揺れた。

(私、もうまともじゃない……こんな男と……)

だがなけなしの理性のささやきは、疼き上がる獣欲にかき消された。

千堂がにじり寄り、百合香の両足を抱えてM字型に大きく開き、ぐいっと引き寄せた。背中がシーツを滑り、千堂の身体が覆い被さってくる。

熱い肉塊が濡れそぼった粘膜に押し当てられただけで、痛いほど子宮が震えた。

次の瞬間、太い衝撃が身体の中心を貫いた。

「ひぃ、きゃ、あああぁあ、あああぁっっ」

千堂の肉茎は予想以上に極太で、浮き出たシリコンボールがごろごろと疼く膣壁を抉り、百合香の脳芯が瞬時に灼き切れた。

「ひ、ううあ、あ、あああぁ、深い……あぁぁっ」

千堂は一気に最奥まで突き入れると、そのまま乱暴に腰を穿ってきた。

「やぁ、ああ、す、すごい……壊れちゃう……あぁあっ」

一撃があまりに熱く重く、百合香は目を剝いて嬌声を上げた。

「く――奥が狭いな――思った通り、締まりがいいや」

千堂は獣のように鼻息を荒くし、がつがつと腰を抽挿してくる。

「あぁ、イク、あ、またイクっ、あぁ、どうしたらいいのぉ……っ」

ひと突きごとにエクスタシーを極めてしまい、百合香は切羽詰まった表情で涙ぐんだ。こんな状況で、信じられないくらい感じてしまう。

「おお、きゅうきゅう締め付けやがって――」

千堂に激しく揺さぶられ、剝き出しの乳房が上下にぶるんぶるんと震えた。千堂はそこに顔を埋め、いきなり強く乳首を嚙んだ。

「痛っ、あぁ、だめっ、痛くしないで……っ、あ、あああぁあっ」

「なに言ってんだ、よけいに締めやがって」

千堂が交互に乳首を嚙んだ。

じんとした痛みが、目も眩むような快感を煽り、百合香は白い咽喉を仰け反らして甘い悲鳴を上げ続けた。

息をつく間もなく、両足を大きく広げたまま千堂が全体重をかけるようにしてのしかかり、がつがつと腰を叩き付けてくる。

「っ、くぅ、あぁあ、ああ、あぁぁっ」

溢れる淫蜜を攪拌し、凶暴な肉棒が肉壺を抉り立てた。

「ひぃ、壊れちゃう……あぁ、壊れ……おかしくなる……っ」

あまりに凄まじい愉悦の連続に、百合香は男の背中に爪をたて身体をのたうたせた。

もはや自分は狼に捕らわれた獲物だと思った。

獣欲と嗜虐心に満ちたこの男に、身も心も貪られていく。

「……は、ひぃ、あ、も、許して、死んじゃう……あぁ、あ」

息も絶え絶えになり、意識が霞んでくる。

何回もエクスタシーを上書きされ、ぐったりと力が抜けた。

と、ふいに千堂が凶暴な肉槍を引き抜いた。

「……ぁ、あ……」

腰を抱えられ、四つん這いにされた。

もはや千堂のなすがままだ。

はあはあと荒い息を吐きかけながら、千堂が体勢を整えた。彼は綻びきった淫唇を指でぐちゅりと掻き回し、その指で後ろの窄まりを探ってきた。

「あっ？」

アナルをぐりぐりと刺激され、百合香はびくんと全身を戦慄かせた。

徐々に指が侵入してくる圧迫感に、背中がぞわっと総毛立つ。

「やぁっ、だめ、そこっ……っ」

「こっちの味も、少しは知ってるんじゃねえか？」

千堂がねっとりと耳裏に舌を這わせてくる。うなじがざわざわする。

確かに、島本と後背位で交わる時、アナルに指を挿入され、後ろと前から刺激されるセックスは体験していた。

だがせいぜい指の第一関節くらいまでの挿入だ。今、千堂はその太い指を容赦なく根元まで押し込もうとしてくる。

「ひ、だめ、あ、やぁ、怖い……挿入れないでっ……」

恐怖に身を逃れようとすると、熟れた蜜口を極太の亀頭がずるりと擦り上げた。

「は、はぁん、ん」

甘い疼きに腰が抜けてしまいそうになる。思わず緊張が緩み、つるりと千堂の指が根元まで入ってきた。

「あ、あぁ、あぁぁ」

なにか内側から押し広げられるような、熱い感覚に百合香は身悶えた。

「いい反応じゃねえか」

ぬるっと指が引き抜かれる。その喪失感に、腰がぶるっと震えた。

「力を抜けよ」

シーツにうつ伏せにされ、尻だけ高く突き上げる形にされる。

「や……お尻……だめ、そんなのしたことないの。お願い……怖いの……」

涙声で訴えるが、千堂は薄く笑う。

「可愛いねぇ——初心《うぶ》いところがそそるよ」

千堂の片手が、前からぐちゅぐちゅと秘裂を掻き回した。

「あぁあ、あ、はあぁっ」

再び愉悦が迫り上がる。そして、今度は指が二本、後孔に押し込まれた。襞を引き延ばすような動きで擦られ、ぶるぶると内腿が震えた。

「知らない世界に連れてってやるよ」

千堂が低くつぶやくや否や、アナルから指が引き抜かれ、まだ開いたままの孔に傘の張った亀頭が押し当てられた。

「んんぅ、やぁ、ひ、う、あ、あぁぁっ」

灼け付くような痛みと熱さが、全身を走り抜ける。

熱く滾った太棹が、ぐぐっと襞を押し広げ侵入してきた。先端がぬるりと呑み込まれると、そのまま肉茎が押し入ってくる。

「ひ、ひぃ、は、はぁあっ」

がつんと脳裏を襲う衝撃に、シーツをくしゃくしゃに掴んで身悶えた。

「ほら、入った。あんたのアナルバージンをいただいたぜ」

動きを止めた千堂が、深いため息を吐く。

「あ、あぁ、あ……」

重苦しい圧迫感に、瞼の裏が真っ赤に染まり、息が詰まる。

千堂がゆっくり腰を引いた。

「きゃ……あぁ、あ、動かない、で……あぁあっ」

内壁が引き摺り出されるような感覚に、きゅんと後孔が締まった。再び押し込まれる。それが繰り返された。

「や、あ、あ、なんだか……あ、熱い……あぁ、熱くて……」

下腹部の奥から、ぽってりした重い喜悦が迫り上がってくる。ヴァギナの快感と違い、ペニスが抜け出ていくときに激しく感じてしまう。

「いい感じになってきた——いいぞ」

緩慢な律動を繰り返しながら、千堂はクリトリスを指先で抉じる。

「あぁ、ひ、うぅ、あぁ……あぁあ、あ、い、いい……っ」

脈動する肉棒を穿たれ、引き摺り出されるたび、頭が真っ白になる媚悦に、ぞくぞくと打ち震えてしまう。

「あ、あぁ、どうしよう……あぁ、どうしたら……？」

もっと強く、もっと激しく感じたい。

変態的な快感に支配された身体は、貪欲にさらなる悦びを求め、腰が淫らにうねってしまう。

「おう——こっちの悦びも覚えたか。きっと病み付きになるぜ」

千堂の抽挿が次第に早くなる。

後孔が押し潰されそうな勢いで、ぐちゅぬちゅと擦り上げられる。それと同時に、腫れ上がったクリトリスと疼く柔襞を、捏ねくり回された。

「ああ、あー、あぁ、ああぁーっ」

股間から、びしゅっと熱い潮が噴き出した。

もはや、全身のどこもかしこもが性感帯と化し、わずかな刺激で絶頂を極めてしまう。

「いい、あぁ、いいっ、気持ちいいっ……あぁあっ」

頭の中が朦朧とし、百合香は身体が浮遊するような愉悦に、粘膜のすべてが蕩けてしまいそうな錯覚に陥った。

「く――たまんねえな、あんた。男がハマるわけだ」

汗にまみれた千堂の身体が覆い被さってきて、乱れた呼吸がうなじを刺激し、びくんと身体が引き攣った。

「あぁあ、あ、イク……あぁ、イッちゃう、ああ、だめ、だめぇっ」

ひときわ激しいエクスタシーの波が襲ってくる。

全身の毛穴がぞわっと開くような、恐ろしいくらいの快感だ。

「あぁあ、あ、あぁあぁっ」

指先がシーツを力任せに握りしめ、爪先がきゅうっと丸まった。

「お、お、締まる――出る、出るっ」

千堂が腰をがくがくと強く振った。

「や、あぁ、やぁあぁあっっ」

身体の奥で、熱い迸りが噴き上がるのを感じた。

百合香は感電したように四肢をびくつかせ、全身を硬直させた。

次の瞬間、意識がさーっと薄れ、がくりとシーツに倒れ込んだ。

ずるりと千堂の陰茎が抜け、その喪失感に再び淫らに達してしまう。まだ繁吹《しぶ》いていた白濁が、百合香の背中や尻を熱く濡らした。

「は——あんた、最高だよ。たまらねえな——もう逃がさねぇ」

息を乱した千堂が満足げに言う。

薄れ行く意識の中で、百合香は自分がゆっくりと破滅に向かって堕ちていくのを感じていた。

第六章　爛れた人妻

「今夜は久しぶりに、外で食事をとらないか？——」

水曜日の朝、玄関で靴を履きながら圭吾が何気なさそうに言った。

気怠げに夫を見送っていた百合香は、はっと顔を上げる。

水曜日に夫に「接待」がないのは、随分久しぶりだ。背中を向けたままの圭吾からは、表情は窺えない。

（愛人とまた喧嘩でもしたのかしら——）

「珍しいのね」

探るように声をかけると、圭吾がちらりと肩越しに振り返った。

「お前、最近元気ないからさ。気晴らしにと思って」

百合香は圭吾の本意を計りかねた。

「そうね――」

「じゃ、七時頃、渋谷のマークシティの通路のでかい絵の前で、どうだ？」

「いいわ」

圭吾はうなずいてからドアを開けて出ていった。

百合香はぼんやり玄関に立ち尽くしていた。

（なんだろう、あらたまって――離婚、でも切り出されるのかしら）

いい予感がしなかった。

ふいにエプロンのポケットの中のスマートフォンが震えた。

取り出して画面を見ると、千堂からのメールが入っている。

〈今日、一時にいつものところで〉

背中に悪寒が走る。

恐怖と異様な情欲が同時に湧き上がってくる。

あの狂態なセックス以来、千堂と会うのは四度目だ。

近くのコインパーキングで待つ千堂のベンツに乗り、ホテルに入り、穴という穴を犯し尽くされるようなセックスを強要される。

半ば自暴自棄になっている百合香は、爛れたセックスに溺れた。

約束の時間にコインパーキングへ出ていくと、いつものようにすでにベンツが停まっている。助手席が開き、百合香は、ひと目を気にして素早く身を滑り込ませた。

「よし、セレブな格好してきたな」

千堂は百合香の服装をじろじろ見て、満足げに言う。

〈今日は、いい服を来てこい〉

送られてきたメールの最後に、そう記されていたのだ。

久しぶりでブランドの服を着た。だが、今の百合香には、金の後ろ盾のないシャネルのスーツは、どこかちぐはぐな気がした。

（タクヤと遊んでいた頃は、身も心もセレブなマダム気分だったのに――）

思い返すと胸がずきずき痛んだ。

ベンツが走り出す。

「今日はさ、ちゃんとしたホテルだぜ」

千堂がハンドルを切りながら言う。

百合香の怪訝な眼差しに、千堂は答えなかった。

新宿の高層ホテルの地下駐車場に、ベンツは止まった。地下からエレベーターに乗る。千堂は三十階のボタンを押した。

「いい部屋だぜ」

今日の彼は機嫌が好さそうだ。

エレベーターが止まり、静まり返った廊下を進んで、とある部屋のドアの前に来る。千堂がチャイムを押した。

すぐにドアが開き、ガウン姿の見知らぬ太った中年男が顔を出す。

「待ってたよ、その人?」

「彼女です」

千堂が百合香の背中を押して、部屋に入れようとした。

「せ、千堂さん?」

百合香が戸惑って彼を振り返ると、千堂の目にすうっと凶悪な光が宿る。

「入れ」

どすの利いた声に縮み上がり、無言で部屋に入った。部屋は広々として清潔で、東京を一望出来る大きな窓際に豪華なダブルベッドがあった。

ガウン姿の男は、そのダブルベッドに腰掛け、値踏みするような目で百合香を見た。

「いいね、いかにも育ちのよい奥さんって感じだ」

千堂が慇懃《いんぎん》な声色を使う。

「実は、彼女今日が初めてなんです。旦那が仕事に忙しくて、かまってもらえず、身体が寂しくて仕方ないそうですよ」

なに言ってるの、この人？　百合香はぎょっとして千堂を見た。

「うんうん」

ガウンの男は嬉しそうにうなずく。

「千堂さん……私、帰らせて……」

百合香は消え入りそうな声を振り絞った。

「あ、洗面所はこっちだから」

千堂はさりげなく百合香の腕を摑んだ。ぎりっと怪力で腕を握られ、洗面所に連れ込まれた。ドアが閉まるや否や、千堂が低いが殺気のこもった声を出した。

「おい、あんたにはもう一文も出せねえんだろ？　だったら、金になることをしてもらうしかねえよ」

百合香は腹の底から恐怖が込み上げ、声を失う。

「なんだよ、俺が金も無いあんたと、ただでセックスするわけ、ないだろ。あんた、セレブ気取りなんだから、それで売れよ。金持ちの奥さんを抱いてみたいっていう客は、けっこういるんだ」

足ががくがく震えてくる。

「わ、私に、客を、取れ……と？」

千堂がふいに、あやすように百合香の肩を抱く。

「そう深く考えるなよ。気持ち好いことして、金をもらえるんだぜ。今まであんたがやってきたことの逆だ」

百合香にはもはや思考能力が残っていなかった。呆然として静かになった百合香に、千堂はさらに甘い声を出す。

「な、二時間、客に好きにさせてりゃいいんだ。その後で、俺がこってり可愛がってやるからさ」

千堂に腕を引かれ、洗面所を出る。

「お待たせしました。では、私はこれで失礼しますので、あとは二人でごゆっくり。二時間後に、迎えに参ります」

千堂は馬鹿丁寧に頭を下げ、部屋を後にした。

百合香は棒立ちになっていた。

「奥さん、セックスしたくてしょうがなかったんだって？　彼から聞いてるよ。後ろも経験済みなんだってな」

はっと気がつくと、太った男が背後から抱きついてきた。すでに大量の汗をかいているその男は、はあはあと熱い息を吹きかけながら、ねっとりした分厚い唇を百合香の顔に押し付けてくる。

「や……」

絶望感に打ち拉《ひし》がれつつ、弱々しく顔を背けて抵抗した。だが、相手はいっこうに動じない。

「ああ、柔らかくていい匂いだ。セレブの奥さんって、どこもかしこも上等な感じだねぇ」

セットした髪に顔を埋め、くんくんと嗅がれる。

太い手が、性急に身体を撫で回してくる。

百合香は身を強ばらせた。抱きすくめられたまま、ベッドに引き摺られるように運ばれ、押し倒される。

「あ……いや……っ」

慌てて起き上がろうとするが、重い身体がのしかかってきて、身動きできない。

太った男は、性急にシャネルのスーツのボタンを外していく。

千堂に言われて、下着も総レースの極上なものを身に着けていた。

セクシーなブラジャーとパンティ姿に、太った男がうっとりとため息をついた。

「なんて綺麗なんだ。透き通るように白くて、すべすべした肌で――やっぱり金のかかった女は違うよ」

太った男が壊れ物でも扱うように身体に触れてくる。

ブラジャーが外され、ぷるんと乳房がこぼれた。

「ああ、乳首が綺麗なピンクだ」

太った男が乳肌に顔を埋め、感触を楽しむ。分厚い唇が、乳首をそっと含んだ。

「ん……っ」

背筋に奇妙な疼きが走った。

さっきまで、恐怖と嫌悪で泣き出しそうだった。

だが、自分をセレブ夫人だと思い込んでいるこの男が、しきりに感嘆しながら触れてくるうち、気持ちが高揚してきた。

（そうなのかも……ほんとうにセレブの奥様みたいなのかも……）

そう思い込むと、乳首がひとりでにきゅうっと凝って立ち上がってくる。

「ああ尖ってきた——奥さん、欲求不満なんだね」

ちゅっちゅっと強く吸い上げられると、乳首から湧き上がった甘い疼きが全身に広がっていく。

「あぁ、あ……ぁ」

悩ましい鼻声が漏れてしまう。

百合香が反応し始めたと見て取るや、太った男は指で乳首を摘まみ上げながら、汗ばんだ顔を下腹部へ下ろしていく。

薄いレースのパンティから透ける秘裂は、じわりと濡れて淫らな芳香を放っている。

「ここ、いやらしい染みができてる——ほんとにエッチだね」

太った男が布地の上から、割れ目に沿ってぬるりと舌を這わせた。

「んん、あ、は……」

ぬるつく感触に、媚肉がひくんと震える。

「うわ、パンティ越しにもうクリトリスがぷっくり膨れてきた」

太った男は愉しげな声を上げた。

彼はむくりと身を起こすと、ベッドを下りて床に置いてあったビジネスバッグに手を伸ばした。

「？」

欲情しかかっていた百合香は、とろんとした表情で太った男の方を見る。

背中を向けていた男が立ち上がり、ゆっくりとこちらを向いた。

両手になにか持っている。

ぎしりとベッドを軋ませて上がってきた太った男の顔には、野卑な笑いが張り付いていた。

「うんと楽しませてもらうよ」

男の手には、玩具の手錠やバイブやローター、ローションの瓶などのラブグッズが抱えられてる。

「!?」

思わず身を起こそうとしたが、太った男がのしかかってきて、体重で押さえ込まれた。

「へへっ、一度こうやって女を苛めてみたかったんだよ」

男の表情は猟奇的に歪んでいた。

「やめ……て！」

両手首を頭の上にひとまとめに捕まれ、がちゃりと手錠を嵌《は》められた。玩具とわかっていても、恐怖に心臓がすくみ上がった。

「止めてください、こんなこと……っ」

身じろぎして太った男から逃れようとしたが、いきなり両乳首を強くひねり上げられ、激痛に悲鳴を上げた。

「痛ぅっ」

「騒ぐなよ。いくら払ったと思ってんだ。こっちは、楽しむ権利があるんだ」

太った男の態度は豹変していた。

「マグロみたいに寝てればいいってもんじゃあないだろう？　セレブ気取りだって、所詮商売女じゃないか」

百合香は頭をがつんと殴られたようなショックを受けた。

ちやほやされると勘違いしていた自分の甘さに、やっと気がついたのだ。

「お、お願い、お金はいらないから……もう終わりにして」

必死で懇願したが、太った男はガウンを脱ぎ捨てながら首を振る。

「馬鹿言うなよ。金はもう、あの男に支払っちまった。存分に、あんたを楽しませてもらうよ」

百合香は全身が小刻みに震えてくる。

彼女の様子におかまいなく、太った男は百合香のパンティをずるっと引き下ろした。

「やぁっ」

太腿をぎゅっと閉じ合わせたが、乱暴に膝を摑まれてやすやすと開脚させられた。

「あぁ、だめぇっ」

大きく開いた股間を、太った男が覗き込んだ。

「なんだかんだって濡れているじゃないか。でも、意外に慎ましいお○んこだな」

ソーセージのような太い男の指が、くちゅりと淫唇を暴いた。

「ううっ……見ないで……」

秘裂をぱっくりと開かれ、百合香は嗚咽を漏らす。荒い呼吸とともに、意図せずに膣襞がひくひく開閉してしまう。

「欲しくて仕方ないって感じだ」

太った男はつぶさに百合香の淫部を鑑賞しながら、ピンク色のローターを取り出した。スイッチが入ると、ぶーんとかすかなモーター音がする。

男はローターのコードを持つと、震えるローターをゆっくりと恐怖で硬く尖った百合香の乳首に近づけた。

細かい振動がちりっと乳首に灼け付く。

「あっ、あぁ、あ」

太った男は、交互にローターで乳首を刺激した。微妙な振動が、甘苦しい疼きとなって、緊張しきった身体に広がる。恐怖と緊張が、いつもよりもっと感覚を研ぎすましていることに気がつき、百合香は狼狽える。

乳首の刺激は子宮の奥まで響き、じくじくした劣情が膣腔を淫らに蠢かせた。

「また濡れてきた、濡れてきた」

太った男が愉しそうな声を出す。

乳首をなぶっていたロータが、徐々に腹部に下がり、臍の窪みを巡る。

「んぁ、あ、や、あぁ、あ」

臍は百合香の感じやすい性感帯で、窪みにぶーんとローターの先端が当たると、下肢が痺れて腰が浮いた。

「いいね、いいね、お臍も感じるんだ」

百合香の反応が顕著になってくるので、相手はうってかわって上機嫌だ。

(やめて……私は玩具じゃない……っ)

必死で頭の中で反駁するが、それを嘲笑うかのように、身体は淫らに燃え上がってしまう。

ローターが恥毛を震わせ、そのすぐ下に膨れているクリトリスに達しようとすると、痛いほど卑猥な期待に子宮が震える。

ぶーんという音とともに、細かな振動がクリトリスを揺さぶった。

「っ、ひ、や、あぁ、あぁっ」

擽ったいような痺れるような快感に息を詰めると、心臓の鼓動に合わせ膣襞がひくつき、ねっとり蜜を吐き出す。

「クリちゃん、でっかいね。知ってる？　クリトリスって、女のちん○に当たる部分だから、ここ大きい女って、男だったら巨根ってことだってよ」

猥雑な軽口を叩きながら、太った男は直にローターを手に取り、強めにクリトリスに押し当てた。

「あー、あぁ、あぁぁっ」

強い刺激に、一瞬で下腹部に火が着き、百合香は仰け反って嬌声を上げた。

「やめて、いやぁ、やあぁっ」

びくんびくんと腰を跳ね、ローターの刺激から逃げようと身悶えたが、叶わなかった。男は執拗にクリトリスを責めてくる。雷に打たれたような鋭い愉悦が繰り返し脳芯まで走り、百合香は甘苦しさに啜り泣いた。

「も、しないでぇ、あぁ、だめ、痺れて……あぁあっ」

戦慄く陰唇から、どろどろと愛液が溢れ出し、蜜壷の奥がきゅうきゅうせつなく収縮を繰り返す。

あまりに強い快感は、やがて苦痛に変わっていく。

「やぁ、やあぁぁ、許して、辛いの……だめぇ、あぁあっっ」

身体をびくびくと引き攣らせるたび、拘束された手錠の鎖ががちゃがちゃと鳴る。飢えた膣襞が、激しく脈動を繰り返し、百合香を責め立てる。

「すごいな、本当に色狂いだな」

太った男が感服したような声を出す。

「……やめ……て、恥ずかしい……」

自分の淫らな身体が心底恥ずかしい。

だが、羞恥や緊縛の恐怖が、被虐の悦びにすり替わっていく。

喜悦に頭が朦朧として、逃げたいのかもっとして欲しいのかすら、判断できない。

「じゃ、もっと恥ずかしくしてやるよ」

ローターを外したかと思うと、太った男がローションの瓶を取り出し、百合香の股間の上で蓋を外して逆さにした。

薄いピンク色の粘っこい液が、たらりたらりと秘裂の上に滴る。

「あっ、あっ」

ひんやりしたローションが、ほころんだ淫唇をゆっくり伝い、尻の方まで流れていく。膣襞に滞ったローションは、じわじわと粘膜に浸透し、身体の芯が火照ってきた。

「ぁ……ぁあ？」

下肢に身体中の血が集まり、性器のあらゆる部分がずきずき淫らに脈動してくる。恐ろしいほどの疼きに、百合香は悩ましく身体をくねらせた。

「昂奮してきた？　催淫効果があるんだって、そのローション」

太った男の言葉に、百合香は愕然として身じろぎした。

「ひどい、こんなの、あ、あぁ、あ……」

身体をくねらすと、その振動だけで膣壁がかあっと熱く燃え上がり、いてもたってもいられないほどだ。

「もう堪らないって感じだね」

男がおもむろに、巨大なペニス型のバイブを取り上げた。

「ひ……っ」

そんなものを目の当たりにするのは、生まれて初めてだった。

つやつやとした本物そっくりな造型を、さらにグロテスクに誇張してある。千堂のシリコン入りのペニスも異様な迫力があるが、それよりもずっと禍々《まがまが》しい。男がスイッチを入れると、太いバイブはくぐもったモーター音とともに、くねくねと不気味に蠢いた。まるで未知の軟体生物のようだ。

「や……そんなもの、挿入れないで……っ」

百合香は恐怖に戦慄し、拘束された身体で背後に逃れようとした。だが、太った男は百合香の足首を摑んで、やすやすと引き戻す。

「見たいんだ。気取ったセレブの奥様が、こいつで悶えるところをさ――」

男の顔は卑猥な興味に歪んでいる。

くねるバイブの先端が、熱く灼け付いた蜜口に触れただけで頭が衝撃に真っ白になった。太った男は、極太のバイブを捩じ込むように一気に突き入れた。ローションで濡れそぼった粘膜は、ぬるりと最奥まで極太のバイブを呑み込んでしまった。

「あああっ……っ」

ばちばちと目の前で喜悦の火花が散り、百合香は背中を弓なりに反らしてがくがくと震えた。

子宮口まで呑み込んだバイブは、細かい振動とともに飢えた媚肉をぐりぐりと掻き回す。

「あぁ、あ、やぁ、だめ、あぁ、あぁぁっ」

繰り返しエクスタシーに襲われ、百合香は腰をびくつかせて嬌声を上げた。

「すげぇ——イキっぱなしじゃないか」

百合香の尋常でない反応に、太った男の声が昂奮に裏返る。

「だめえ、苦し……あぁ、あ、イク、あ、またぁ……っ」

スイッチを入れっぱなしにされ、否が応でも快感を感じさせられてしまい、百合香は目を剝いて喘ぐ。

「やあ、あ、抜いて……おかしく……あぁ、もう、だめ、だめなのぉ」

愉悦に痺れた頭は朦朧とし、息も絶え絶えになって連続して襲ってくるエクスタシーに翻弄された。

「ああ、たまんないや。セレブの奥さんがオモチャでくるわされて――」

太った男の裸体が、百合香を跨いでのしかかってきた。

たるんだ腹の肉に隠れそうな勃起を、男は手で扱きながら百合香の唇に押しつけた。

「そら、しゃぶれよ。その気取ったお口でさ」

「ぐ……ふ、う、ぅう、う……」

赤黒い屹立を、強引に口唇に押し込まれた。

ぷんと生臭い雄フェロモンの香りに、頭がますます霞んでくる。

太い肉棒を根元まで捩じ込むと、太った男が腰を揺すり立てた。彼の男根は長さはないがグロテスクなほど太く、腰を捩じ込まれるたびに、顎が外れるかと思うほど苦しい。

「……んん、んぅ、ぐ……」

「そら、舌を使えよ。筋に沿って舐めるんだ」

髪の毛を掴まれ、ぐっと男の股間に顔を押し付けられた。男のもじゃもじゃと濃い陰毛に顔が埋まり、窒息するかと思った。

「……ふぅ、ん、んぅ、んん……」

こうなったら、一刻も早く男に極めて欲しくて、百合香は必死になって舌を動かした。

浮き出た血管に舌腹を押し付け、強く上下に舐め上げる。亀頭の括れに沿ってなぞり、唇を窄めて扱いた。

「お、おお、いい――」

太った男が声を裏返して呻いた。

ひくひく震える鈴口から大量の先走り液が溢れ出し、唇から溢れたそれが百合香の唾液と涙に混ざり、顔中をぐちゃぐちゃにする。

「そう、吸って、強く――ああいい、堪らないぜ」

頭上で男の声がうっとりしてくる。

「ぐ、ふぅ、は、ふぅう、う……」

ふいにずるりと肉茎が引き摺り出された。

「袋、袋も舐めてよ」

息をつく暇もなく、ふにゃりとした陰嚢の部分が顔に押し付けられる。

「は、あ、うむ、むう……」

百合香はためらうことなく、柔らかな陰嚢を口に含む。薄い皮の向こうに感じるこりこりした玉を舌で何度も転がした。左右の袋を交互に咥え、ねっとりとしゃぶり回す。袋の裏筋を、ちろちろと舌先で辿ると、男がぶるっと胴震いした。

「あ、あ、いいぞ、あ、いい」

太った男は女のような喘ぎ声を上げた。そして、自分で陰茎を握ると激しく扱きだした。

「は、ぁあ、もう、お願い、抜いて……これを、ね、あぁん」

バイブで攪拌されまくった膣襞が、痺れ切ってもはや快感すら感じない。それでもまだ繰り返し子宮口が収斂する。

「うお、出る、出す、出すぞ、おい、口開けろ」

太った男の息がせわしくなり、くちゅくちゅとペニスを扱く猥りがましい音が大きくなった。意識が朦朧としている百合香が、思わず唇を開く。

「っ、ふ――」

びゅくびゅくと大量のスペルマが顔面に吐き出された。

「あ、う、ぐ、うぅ、う……」

開いた口唇に、粘っこい白濁が大量に注がれる。苦い生臭い味が、口中いっぱいに広がる。

髪も顔も、熱く粘つく精液でべとべとに汚された。

「ぁあん、あはぁ、はぁぁん」

百合香は愉悦に酔いしれたまま、口中の粘液を嬉しそうに嚥下した。

異様な昂奮に襲われる。

その瞬間、再び新たなエクスタシーの波が迫り上がってきた。

淫らな性具でくるわされ、人間性を否定されるような惨めなエクスタシーを、何度も極めてしまった。

自分は完全に堕ちてしまったと、百合香は腹の底から思った。


マンションの近所まで、千堂のベンツで送られた。

「じゃ、また連絡する。いい客、みつくろってやるからさ」

千堂はすっかり自分の女扱いで、車から降りようとする百合香の頬に分厚い唇を押し付けた。心が虚ろで、それを振り払う気力もない。

呆然としたまま部屋に戻り、ベッドにどさりとうつむけに倒れ込んだ。

ふいにバッグの中のスマホが鳴った。

ぎくりとしてスマホの表示画面を見ると、圭吾からだった。

「どうした？　ずっと待ってるんだが」

「あっ――」

圭吾と待ち合わせる約束をすっかり忘れていた。

「あ、あの……ごめんなさい……私、やっぱり気分が悪くて、出られそうになくて……」

しどろもどろに応えると、少しの間スマホから沈黙が流れた。

「――そうか。少し話がしたかったんだが……仕方ないな。わかった、俺はどこかで食べて帰るよ」

「あの、あなた――！」

百合香は思わず縋るような声を出した。

助けて欲しい。

圭吾になにもかも打ち明けて、許しを乞いたい衝動に襲われた。

「ん？」

「私……」

スマホを握る手が震える。

あらいざらい、言えるわけがない。自分のしてきた爛れた行状を、圭吾に話す勇気など出なかった。

「いえ、いいの。私、もう休むわ……」

「わかった、じゃ――」

ぷつっと切れたスマホの画面を見つめ、百合香は悄然と肩を落とした。

もしかしたら、唯一の救いのチャンスを自分から捨ててしまったのかもしれない――そう思った。


その日を境に千堂から使い込んだ三億円と不貞をネタに脅かされ、百合香は客を取るようになった。

「欲求不満のセレブの奥様」に、客は引きも切らない。

何度も許して欲しいと千堂に懇願したが、彼は容赦なかった。

「あんた、逃げられると思うなよ。客とホテルにしけこんだ写真も撮ってあるんだ。せいぜい上品な奥様を演じて、俺に金を落としてくれよ。三億円分は働いてもらわないと」

酷薄に責め立てるかと思えば、時には荒々しいセックスで百合香の身体を蕩かし、

「あんたはほんとうにいい女だよ。離したくない」

甘い言葉で心の弱みにつけ込んだ。

百合香は次第に自暴自棄になった。

(もうどうとでもなれだわ)

家でも家事もろくにせず、ぼんやりしていることが増えた。

そんな百合香を、圭吾は気遣わしげになにかあったのかと聞いてくるが、彼女はただ首をふるばかりだった。

このごろ、圭吾は水曜日もまっすぐ家に帰ってくるようになっていた。

愛人と切れたのだろうか、と思ったが、もはやそんなことはどうでもよくなっていた。

(夫が浮気をして、悩んでいた頃の私の方がよかった気もする……)

自分の人生が大きくくるってしまった今、あんなにも退屈に感じた日常が、懐かしくてならなかった。

百合香が竹藪で大金を拾ってから、一年が経とうとしていた。

昼過ぎに千堂に呼び出されていた百合香は、イヴ・サンローランのツーピースに着替えながら、ふと、鏡の中の自分を見た。

青白い顔に赤い口紅が毒々しいくらい濡れ光っている。

髪も化粧も服も綺麗に整っているが、目はうつろでどこか荒んだぎすぎすした雰囲気が漂っている。

(とてもいいとこのお金持ちの奥様になんか、見えないわ)

百合香は歪んだ笑いが浮かんでくるのを止められない。

性欲に目が眩んだ客ならだませるかもしれないが、もはや自分は壊れる寸前の機械人形のようだと思った。

(もういやだ。もうたくさん——!)

百合香はなにかに操られるように、キッチンに向かった。


バッグを下げ、マンションを出た。

コインパーキングで待つ千堂のベンツに乗り込むと、百合香は気怠げにシートにもたれて言った。

「今日は？」

「二時からだ——田舎から東京に観光に来た、金持ちじいさんだ。都会の人妻とエッチしたいんだとよ」

千堂がエンジンをかけようとすると、百合香は艶かしいため息をついた。

「まだ時間があるじゃない——おじいさんとのセックスなんて、濡れないかも」

千堂がちらりと百合香に視線を送る。

「ねえ、濡らして欲しいの」

百合香は伏し目がちにつぶやく。下手に出ると、千堂は機嫌を良くすると知っている。

千堂がエンジンをかけアクセルを踏んだ。

「しょうがねえなぁ」

ラブホテルに入ると、百合香はまだ服も脱がないうちに、千堂の足元に跪き、ズボンのジッパーを引き下ろした。

「ああ……早く、早く、千堂さん……」

性急に男のペニスを摑み出し、まだ半勃ちのそれを、いきなり口に含んだ。

「おいおい――」

千堂が苦笑する。

「んん、ふぅん、だって、これがいいんだもの。千堂さんのお○んちん、気持ちいいんだもの」

ちゅっちゅっと亀頭にキスを繰り返し、熱っぽい声でささやいた。

「は――可愛いやつ」

千堂が満足げに息を吐く気配に、百合香は再び男根を深く呑み込んだ。

みるみる口中で男根が膨れ上がる。

肉胴から浮き上がったシリコンボールが口蓋を擦り、淫らな欲望が咽喉奥から迫り上がってくる。

「ん、んぅ、ふ、ふぅん……」

甘い鼻声を漏らしながら、口いっぱいにペニスを頬張って頭を振り立てた。

舌の上をごつごつした肉幹が滑っていくと、生理的な欲求が昂って、下腹部がじわりと疼いてくる。

「あ……はぁ、は、ああ……」

唾液にまみれた肉塊を吐き出し、手で剛直を扱きながら濡れた眼差しで千堂を見上げた。

「もう……早く……」

百合香は身を起こすと、身体ごと押し付けるようにして千堂をベッドに押し倒した。彼の股間を跨ぎ、もどかし気にパンティを引き下ろした。

淫らな蜜が、すでに太腿まで滴っている。

「欲しいの、挿入れていい？」

「好きに動けよ」

いつになく即物的な百合香の言動を、千堂は愉しむように頭の後ろで手を組んだ。

「は、はぁ……」

百合香は陰茎の根元に手を添え、ぐしょ濡れの蜜口に亀頭を押し当てた。硬く張りつめた先端が秘裂をなぞると、子宮の奥がきゅうっと締まった。

「あぁ、あん」

膣襞の中心めがけ、腰を深く落としていく。

極太のペニスがずるりと侵入してくる。

「あ、いい、いい……っ」

強くイキみながら、仰け反った。

「お」

ぐぐっと膣腔が太茎に絡まり、強く窄まる。

「あぁ、あ、あん、あぁん……」

百合香はことさら悩ましい声を上げ、薄目で千堂の表情を窺った。

彼は百合香の媚肉を味わうように、軽く目を閉じている。

「はぁ、あ、気持ちいい、いいの……」

腰を揺さぶりながら、百合香はそろそろと脇に置いたバッグに手を伸ばす。

刹那、緊張で心臓がばくばくしだし、それがさらに膣襞をぴくぴく痙攣させる。

「っ――今日はすげぇ締めるな」

千堂が低く呻く。

百合香はバッグに手を突っ込み、家を出る時にキッチンから持ってきた果物ナイフを摑んだ。

（もう、この男を殺すしかない……！）

性的な昂りは、殺意を煽った。

ぎゅっとバッグの中で、ナイフの柄を握りしめる。

その瞬間。

部屋のドアがけたたましい音を立てて大きく開いた。

百合香と千堂は、ぎょっとして動きを止めた。

どたどたと、数人の男たちが飛び込んでくる。

「くそっ」

千堂が百合香を突き飛ばし、脱兎の勢いで身を起こし、部屋から飛び出そうとした。男たちが彼に飛びかかり、手足にしがみついて床に押し倒す。

「ちくしょう！　離せっ！」

千堂がじたばたともがき、鼓膜が破れそうな勢いで怒鳴る。一人の年かさの男が、落ち着いた動作でスーツの内ポケットからなにか書類を取り出し、千堂にかざした。

「××署の者だ。千堂剛——詐欺および、売春防止法違反および、麻薬法違反で逮捕する」

千堂は細い目を剝いて、なにか言葉にならない咆哮を上げた。

百合香はとっさにバッグにナイフを戻し、ベッドの端に身を寄せた。そのまま何が起きたのかわからず呆然としていた。

「立て、千堂」

「なにしやがんだ！　俺はなにも知らねえぞ！」

「おとなしくしろ！」

千堂と男たちがもみ合っている。

ついに千堂は手錠をかけられ、男たちに背中を押されるようにして部屋から連れ出された。

まるでテレビか映画のワンシーンを見ているようで、百合香は気を呑まれて呆然としていた。

年かさの男が、肩越しに百合香を見やった。

「あなたからもお話をお聞きたいので、申し訳ないが服を着て、ご同行願えますか？」

百合香は生唾をごくりと呑み込み、かすかにうなずいた。

飛び込んできた男たちは、千堂を内偵していた刑事たちだったのだ。

それからのことは、悪夢の中にいるようで、あまり記憶にない。

百合香は、千堂に浮気をネタに脅迫され売春を強要されていたことを、刑事に話した。

ただ、大金を拾ったことは隠し通した。おそらく、組がらみの金については、知りながらその金に手を出した千堂も口を閉ざすだろうと思ったのだ。

「奥さん、脅迫されたとはいえ、ひどい目に遭いましたね。千堂は、他にも何人も女性を脅かして、売春させていたんです。余罪がたっぷりあって、前科もあるし、実刑は免れないでしょう」

取り調べに当たった刑事は、百合香に同情的だった。

慣れない警察での取り調べに、百合香は身も心も憔悴しきった。自分も犯罪に加担したという事実が重くのしかかった。

一方で、千堂の呪縛から逃れられたという安堵感もあった。

深夜まで取り調べられ、やっとその日は自宅に帰されることになった。

「ご主人が迎えにきていらっしゃいますよ」

刑事に伴われ、百合香はとぼとぼと警察署の玄関ロビーに出た。

節電で灯りを落とした薄暗いロビーのソファに、圭吾が座っていた。彼は、百合香を見るとぱっと立ち上がった。

「百合香――」

彼は怒ったような悲しんでいるような、複雑な声を出した。

「奥様にも非は充分ありますが、ある意味この方も被害者です。今日はゆっくり休ませてあげてください。また、後日お話を伺うことになるでしょう」

声をかけた刑事に、圭吾がふかぶかと頭を下げた。

「ご迷惑をおかけしました」

百合香は夫の側でぼんやりと立ち尽くしていた。

「帰ろう」

圭吾が腕を取り、警察署の駐車場に止めてあった自家用車に連れて行かれた。

助手席に頽れるように座ると、圭吾は無言でエンジンをかけた。

車道を走っている間、二人はずっと沈黙したままだった。

百合香は圭吾に何か言わねば、と疲弊しきった頭で思った。

「あなた――」

「お前――」

二人は同時に言葉を発し、気まずく口を閉ざした。

再び車内を沈黙が支配する。

赤信号停止でブレーキをかけた圭吾が、前をむいたままぼそりと言った。

「もっと早く、お前を止めていればよかった――」

百合香は、はっと運転席に顔を向けた。

圭吾の横顔が強ばっている。

「お前が、男と遊んでいるのではないかと、薄々気づいていたんだ。この間、いたたまれない思いで、昼間出かけるお前の後を尾《つ》けた。お前を乗せた男のベンツが、ラブホテルに入るのを、見た」

百合香は呆然として、圭吾を凝視した。

青信号でアクセルを踏み出しながら、圭吾は苦々しく言う。

「こんなにショックを受けるなんて、自分でも驚いた。自制心を保つのに必死だった。しれっと家で俺を迎えるお前を、何度怒鳴りつけ殴りつけてやろうかと、思ったことか――だが、なかなかできなかった」

百合香は胸が抉られるような気がした。驚愕、動揺、怒り、悲しみ――一度に様々な感情がどっと襲ってきた。

自分の不貞を知っていて、圭吾が見逃していたことが、一番心に突き刺さった。

百合香が返事をしなかったせいか、その後はマンションに着くまで圭吾は口を閉ざしていた。

二人は地下の駐車場から、階上へのエレベータに乗り込んだ。

上昇し始めたエレベータの中で、百合香はふいに胸に熱い奔流のようにあふれてくるものがあった。

「なんで——怒鳴ってくれなかったの？」

突然声をかけられ、圭吾がぎょっとしたように振り向いた。

「殴ってくれたってよかった。女房が浮気してたのよ。怒ればよかったじゃない！」

百合香は声が上ずっていくのを感じた。

「俺は——」

ふいに百合香の中で、抑えていた感情が爆発した。

「自分も浮気していて、後ろめたかったから？　責めれば逆に言い返されそうで怖かった？　ええ、私だって知ってたわ。あなたが若い女と愉しんでいるのを。でも、私も言わなかった。ごたごたして、今の生活を壊すのも面倒くさかったし、あなたが私に関心なかったから、責める気にもならなかった。あなただって、そうでしょう？　面倒くさかったのよ。私になんか、女としての関心なんかないんだわ！」

怒りで頭が真っ白になり、逆上するとはこういうことかと思う。

やにわに、上着のボタンを外し、ブラウスの前を開いて、ブラジャーを引き下ろし、白い素肌を剝き出しにした。

圭吾がぎょっとしたように目を剝いた。

「お前、なにして——」

「どう？　私の身体を、他の男がさんざん舐めたりしゃぶったりしたわ。みんな気持ちいいって、言ってくれた。私も——」

百合香はぼろぼろと涙がこぼれてくるにまかせ、声を張り上げた。

「気持ちよかったわ。信じられないくらい感じちゃったの！」

「やめないか！」

圭吾は焦ったようにエレベータの停止ボタンを押し、百合香の口元を覆った。

「お前はいろいろあって錯乱しているんだ。早く服を着るんだ！」

「いやよっ」

この期《ご》に及んでも、百合香と真正面から向き合わず、正論で誤魔化そうとする圭吾に、ひどい憎悪が湧く。がりっと、圭吾の手の平に歯を立てた。

「あっ」

圭吾が、びくりと血の滲んだ手を引く。

百合香ははあはあと肩で息をしながら、燃えるような目で圭吾を睨んだ。

「この野郎――！」

百合香の昂奮に煽られたように、圭吾がつかみかかってきた。

乱暴に唇を塞がれる。

「う、ぐ……っ」

がちっと前歯がぶつかり、百合香は口中に血の味を感じた。唇のどこかが切れたらしい。

「む、う、や、放し……ん、んぅっ」

圭吾は嚙み付くようなキスを仕掛けながら、エレベーターの壁に百合香の背中を強く押し付けた。

いやいやと首を振り、顔を背けようとしても、追いかけてきて口唇を割られた。ちゅうっと痛いほど舌をきつく吸い上げられた。息が止まりそうになり、拳で圭吾の胸を何度も叩いた。

「ふ、う、んんぅ、んっ、んっぅう……」

圭吾の舌が凶暴に口腔を掻き回し、酸欠状態で意識が薄れてくる。溢れた唾液が口の端から溢れ、仰け反った喉元まで滴る。

それと同時に、身体の奥深いところから妖しい疼きが生まれ、四肢の力がぐったり抜けた。

「はあっ、は、はぁ、はあっ」

百合香の抵抗が弱まったと見て取るや否や、唾液の糸を引きながら圭吾が顔を離した。

「この淫売——」

圭吾が唸るような声を出し、百合香の柔らかな胸元に顔を埋め、白い肌をきつく吸い上げた。

「痛ぅっ」

痛みで意識が戻ってくる。

圭吾は噛りつくように何度も肌を吸い、無惨な赤い痕を点々と残した。

恐怖と緊張に尖った乳首にも、強く噛み付いてくる。

「やぁ、あ、痛い、やぁっ」

全身を駆け巡る鋭い痛みに、百合香は悲鳴を上げた。

「痛いのも好きなんだろう？　罰だ、もっとだ」

「痛い」「罰」という言葉に反応し、百合香はぞくんと背中が震えた。

こんな猛々しい夫は見たことがない。

喰らうように乳房を責め立ててくる。

乳首を何度もこりこりと噛まれると、甘い疼きがさざ波のように下腹部へ下りていき、膣奥がきゅうっと締まった。とろりと淫蜜が溢れてくるのを感じた。

「あぁ、あ、やぁ、やめて……やあ……」

ぽろぽろと眦から涙がこぼれる。

苦痛なのか快感なのか、自分でも混乱してくる。

壁に百合香を強く押し付けたまま、圭吾は片手で乱暴に彼女のスカートを捲り上げ、パンストもろともパンティを引き摺り下ろした。ぴりっと布の避ける鋭い音がした。

彼の指が性急に秘裂を弄ると、ぞくりと腰が震え全身に冷や汗が浮いた。

「やっぱりびしょびしょじゃないか、売女め」

ぐちゅりと媚肉を掻き回し、圭吾が嘲るように耳元でささやいた。その熱い息にすら、異様な昂りを覚えてしまい、百合香はきゅっと唇を噛み締めた。

圭吾の指が愛液を掬い取り、クリトリスを二、三度撫でただけで、膣襞のあわいが淫らな蜜をさらに溢れさせた。

「……く、ぁ、だめ、ぁ……」

堪えようとしても、艶かしい喘ぎ声が漏れてしまった。

「こんなに濡れる女だったか？　見知らぬ男どもに開発されて、すっかりいやらしい身体になったんだな？」

圭吾は怒りを含んだ声で責めながら、膨れたクリトリスをぬるぬる擦り、小刻みに揺さぶった。鋭過ぎる愉悦が、クリトリスから子宮に走り、全身を淫らに昂らせていく。

「う、あ、あぁ、やめ、て……ぁあ、あ」

止めどない快感の波に襲われ、百合香は天井を仰いで声を震わせた。

足が萎えて立っていられなくなり、思わず圭吾のシャツに縋り付いてしまう。

「だめ、あ、だめ、イッちゃう、あ、だめ、イッちゃうぅ」

弱々しく首を振り、内腿をぶるぶると震わせた。

圭吾がクリトリスを転がしながら、ひくつく淫襞に指をぐっと押し込めたとたん、じーんと脳芯が痺れるほど感じ入り、達してしまった。

「あぁあ、あぁ、あぁ……っ」

濡れ襞がひくひく収斂して、圭吾の指をきつく締め付けた。

「ああいやらしいな。なんてエッチな女だ、おい」

圭吾は息を弾ませながら、引き抜いた指を百合香の目の前にかざしてみせた。

半透明の愛液が、ねっとりと糸を引いた。ぷんと甘酸っぱくいやらしい匂いが漂う。

「や……っ」

顔を背けようとすると、その指をいきなり口腔に押し込まれた。

「ふ、ぐ、ぅう」

咽喉奥まで突き入れた指を、圭吾が抜き差しする。口腔中に、自分の生臭くかすかに酸味のある愛液の味が広がり、それがさらに情欲を煽った。

「どうだ？　自分の味は？　いやらしいだろう？」

圭吾の目が異様に光っている。

彼はいつもの彼ではない。だが、百合香だって普通の精神状態ではなかった。

目眩がするほど全身の血が沸き立ち、めちゃくちゃに犯して欲しいという異様な欲求で頭がいっぱいになる。

乱暴に口中を舌ごと掻き回され、百合香は嘔吐きそうになる。口端から涎が滴り落ち、口紅のラインが歪んで口の回りを汚した。

「いつもそんな男を誘う表情をして、こんな風に別の男たちのちん○をしゃぶったのか」

「うぐ、ぐ、ぁ、ふ……」

百合香が涙目で顔を振ると、ふいに圭吾は彼女の頭を押さえつけ、強引に足元に跪かせた。

「舐めろ。俺のも咥えるんだ」

圭吾はもどかし気にズボンの前を緩めると、すでに半勃ちになったペニスを、百合香の口元に押し付けた。

「や……めて、こんなところで……う、ふ、ぅう」

先端に先走りの雫を溜めた亀頭で、強引に口唇を割られる。

「ん、ぐ、や、はぁ……」

雄フェロモンの濃い香りに、百合香の意識が霞んでくる。圭吾にフェラチオをしたのは、いつだろう。もう、記憶にもない。たまに抱かれる時は、せっかちな乳房への愛撫からの正常位での挿入のみで、始めてから終わるまで、十分もかからないくらいだったのだ。

こんなふうにフェラチオを強要されると、じんとヴァギナが疼き、ひっきりなしに愛蜜が溢れて股間をぐしょ濡れにした。

「……は、ふぅ、んん、ちゅ、んちゅ……」

いつしか舌先で、裏筋と亀頭の繋ぎ目を舐め回していた。口中で男根がぴくりと跳ねて、ひとまわり大きく膨れた。

「んっ……ふ、は、ふぅ……んんっ」

咽喉奥までペニスを呑み込み、脈打つ肉幹を舌腹で強く押し付けるようにして舐った。

「く──はあ、いいぞ」

頭上で圭吾が心地好さげなため息をついた。彼の両手が下りてきて、屹立を頬張っている百合香の頬を撫で擦る。その感触に、下腹部の奥がせつなく疼いた。

「は、んっ、んんっ、んぁ、あ、ふぅん」

甘い鼻息を漏らしながら、次第に熱を込めて肉塊を吸い立てた。圭吾の男根は、完全に勃ち上がっていた。

そっと上目遣いに夫を見上げると、彼は陶然とした表情で目を閉じている。

感じ入っている圭吾の顔に、百合香はぞくぞく背中が震える。

「あ、いい、いいぞ――見てみろ、自分の恥ずかしい姿を」

圭吾に促されてちらりと横目で見ると、エレベーターの鏡に、男根を頬張っている自分の淫らな姿が映っていた。

「んんぅ、や、ふ、やあ……んんっ」

かあっと頬が上気する。あまりに淫猥で恥ずかしく、身体中の血が逆流するような気がした。思わず身を引こうとしたところを、頭を抱えられ、顔を強く股間に押し付けられた。

「そら、もっとしゃぶるんだ」

「……う、ぐ、ふぅぐ、はふ……ぅ」

圭吾が腰を前後に動かし始めた。

膨れた亀頭が咽喉奥を突き上げ、窒息しそうになる。

「ううぐ、や、ぐ、ふぅ」

きゅっと眉根を寄せて、必死でペニスを舐め回した。

「ああなんてスケベな顔をするんだ――信じられないよ。これがお前のほんとうの姿だったなんて」

昂奮している圭吾の声に、かすかな苦渋の響きが混じる。

「よし、そろそろ我慢できなくなったろう。欲しいものをくれてやる」

圭吾が腰を引き、百合香の唇から唾液と先走りに濡れ光る赤黒い屹立が、ずるりと出て行く。

「立て」

腕を乱暴に摑まれ立たされると、エレベーターの壁に両手を突かされる。

スカートを腰まで捲り上げ、圭吾が突き出した格好になった尻肉を摑んだ。

「あ、や……こんな」

身体がくの字に折れ曲がり、物欲しげに尻を捧げる格好に、百合香は羞恥で気が遠くなった。

「しないで、こんなところで……あ、きゃぁぅうっ」

最後まで言葉を発しないうちに、背後からずぶりと肉棒が突き入れられた。

「あぁあっっ」

膣壁の感じやすい部分をごりごり抉られていく。一気に最奥まで貫かれ、総身が甘く痺れて、足がぶるぶる戦慄いた。

こんな荒々しい圭吾は、初めてだった。

「うお、締まる──奥が、こんなに締まる、なんて──っ」

圭吾は荒い息を継ぎ、百合香の腰を掴んでゆっくりと抽挿を開始した。

「んっ、あぁ、あ、だめ、あ、深い……っ」

膣襞全体が痛いくらいに痺れ、百合香は身も世も無く乱れてしまいそうな予感に怯えた。

そんな百合香の気持ちにおかまいなく、圭吾は抜き差しのスピードを速めていく。

百合香の尻肉を引き寄せるリズムに合わせて、強く腰を打ち付けてくる。ばつんばつんと、肉の打ち当たる鈍い音が響いた。

「あ、あぁ、あ、お願い……もっと優しく……あぁ、あっ」

「こうする方が好みなんじゃないのか？　ぎゅうぎゅう締めてくるぞ」

圭吾の声は加虐の喜びを滲ませ、彼はさらに高速で肉槍を突き入れてくる。嵩高の亀頭が引き摺り出されるたび、ぐちゅぬちゅと泡立った愛液が結合部から溢れ、床にまで淫らな水溜まりを作る。

「やぁ、く、ふぅ、あ、ああん、あぁぁん」

灼けついた剛直が貫くたびに、百合香の下腹部に重苦しい衝撃が走り、剝き出しになった乳房や尻肉がぶるぶると揺れた。

「感じまくってるな、淫売め——こうか？　これがいいか？」

圭吾は情け容赦なく律動を加速し、百合香の感じやすい箇所をぐりぐりと鋭く抉ってきた。

「あぁあん、あ、あん、い、いいっ……っ」

遂に百合香はがくりと首を垂れ、激烈な快感に屈した。

自らも圭吾の抽挿に合わせ、淫猥に腰を振り立てていた。

「ふあ、あ、いい、気持ちいい、あぁ、いい、あぁぁっ」

艶めいたイキ声を響かせ、百合香は何度も昇りつめた。全身が戦慄き、脳芯が愉悦で真っ白に焼き切れる。

「あ、そこ、あぁ、そこもっと、あぁんもっと、突いてぇ」

尾てい骨のすぐ下辺りの媚壁を突つかれると、びゅっびゅっと熱い潮が噴き出し、身も世も無くヨガリくるってしまう。

「ここか？　ここがいいか？　ここか？」

圭吾が腰を少し落とし、下から上に抉り込むように突いてくると、背骨からうなじに震えるくらいの快感が突き抜けた。

「あぁ、イク、あ、また、イク、あぁ、だめ、だめぇ、イッちゃうぅ」

濡れ襞が猥雑にうねり、圭吾の肉胴をきりきりと締め上げ、精を搾り取ろうとする。

「ぁふ、あ、あなた……私、もう……あぁ、もうっ」

百合香は潤んだ目で肩越しに圭吾を振り返り、訴えるように見つめた。

「百合香——っ」

腰をがくがくと振り立てながら、圭吾が唇にむしゃぶりついてくる。

「んぅ、ふ、ぐ、あふぁう、ふぅう」

ぬるつく舌で、互いの口腔を掻き回し、絡み合い唾液を啜り上げる。

蠢く膣襞の中で、男根がびくんと大きく震えた。

「お、出る——出すぞ、いいか、いいか？」

圭吾が口の端から獣めいたうなり声を漏らした。

「ふぁあ、あ、来て、あぁ、欲しい、あぁ、出して、中に、あぁあっ」

大きなエクスタシーの波に呑み込まれ、百合香は全身をぴーんと強ばらせてイキんだ。

「うお——出る」

圭吾は一心不乱に腰を叩き付け、びゅくびゅくと大量の白濁を子宮口に噴き上げた。

「あぁ、あ……ぁあああん、あぁぁっ」

大きな律動の直後、生温かいスペルマが肉壷の中を満たしていく。

「やぁ、あ、いっぱい……ンあ、あぁんんぅ」

圭吾が何度か強く腰を震わせ、すべての精を注ぎ込んだ。

百合香は膣襞を激しく収斂させながら、男のすべてを受け入れた。

「百合香っ——」

まだ深く繋がったまま、圭吾が再び唇を塞ぐ。

「……ふぅん、あ、あなたぁ、ふあ、ぁあ……」

強く舌を吸い上げられ、百合香は髪の先から爪先まで、淫らな法悦に満たされていくのを感じた。

その後——。

百合香は何度か警察の取り調べを受けたが、最初に話したこと以上のことは口にしなかった。

千堂はやはり相手の組の報復を恐れたのか、例の三億円については最後まで沈黙を守ったようだ。

結局、百合香は説諭のみで放免されることになった。


エレベーターで変態的に交わった百合香と圭吾の仲は、以前のような静かな夫婦関係から一変した。

圭吾は愛人ときっぱり縁を切ったが、その分、百合香に対する独占欲と執着がひどくなった。

彼は百合香に一時間ごとにＬＩＮＥするように厳命し、彼女の動向をすべて支配するようになった。

百合香はもとのように外出を控え、ひっそりと暮らすようになっていた。

自由になる金もなく、警察沙汰に巻き込まれ、不貞を夫に知られた今、都会の密やかな愉しみを探しにいく気持ちは霧散していた。

今まで通りの暮らしを与えてくれる圭吾に対し、贖罪の気持ちもあり、彼の言う通りに行動した。

圭吾は百合香の淫靡な下半身に、罪を与えた。

毎朝、百合香は大きなディルド付きの下着を装着させられた。そのままで、日常生活を強いられた。

張り型はヴァギナに深く咥えられ、ことあるごとに膣内を刺激する。百合香は、掃除をするにも買い物に行くにも、常に柔肉を責め立てられ、妖しい昂りを抑えるのに必死だった。

自分で外せないことはなかったが、そんなことをしたら今度こそ圭吾から見捨てられてしまいそうで、恐ろしかった。

帰宅した圭吾は、いの一番に百合香の下腹部を調べる。

ヴァギナからディルドを抜き取り、開き切った花弁を丹念に弄り、不貞の印がないか調べた。それだけで、一日中刺激を受けた淫肉は、悦びに打ち震えてしまう。

ようやく取り調べから解放されても、夜にはベッドでの圭吾の加虐な責めが待っている。

圭吾は百合香の身体を拘束具で戒めた。

革紐で全身を淫らに縛り上げたり、両腕を後ろで括って四つん這いのままにさせたり、両足を大きく開かせたまま、膝を固定縛りしたりした。

身動きのできない人形のようになった百合香の身体を、圭吾は時にじっくりと、時に性急に抱いた。

どう扱われても、百合香の熟れた身体は淫らに感じ入り、圭吾の肉棒を受け入れては、悦びに咽んだ。

「お前はほんとうに淫乱だな」

その夜も、百合香を赤い紐で亀甲縛りに括った圭吾は、背後から彼女を犯しながら、意地悪くささやいた。

「こんな恥ずかしい格好でヤられてるのに、漏らしたみたいに潮を噴く」

「いやぁ……言わないで……あ、あぁ……」

尻肉を大きく左右に押し開かれ、圭吾が結合部を熱く見つめているのを感じ、変態的な悦びにさらに潮を溢れさせてしまう。

「俺のちん◯でなくても、ここに突っ込まれれば、なんでも気持ち好くなってしまうんだろう」

圭吾の指が、彼の屹立を吞み込んでいる箇所を指でねっとりとなぞった。

「んあ、あ、違う……そんなこと……ぁああっ」

花芯をぬるぬると擦られ、どうしようもない快感に腰をいやらしく振り立ててしまう。

「俺に抱かれながら、他の男にヤられてるところを想像してるんだろう？」

「違います……ん、んぁっ」

柔らかな髪の毛を振り立てて否定するが、そんな言葉を投げかけられると、かつて自分を抱いたタクヤ、白井、島本、千堂のペニスの造型を思い出してしまい、ぞくりと身体が震える。

「いま奥がきゅっと締まったぞ、やっぱりドスケベだな」

言葉で責めながら、圭吾が円を描くように腰を押し回し、熱く熟れた媚肉を掻き回した。

「あぁう、あ、だめ、それ、あぁっ」

恥骨のすぐ裏側のGスポットを押し上げられ、甘苦しいせつなさに膣襞が収斂を繰り返す。

じゅぶじゅぶとさらに熱い愛潮が吹きこぼれ、シーツはお漏らしでもしたようにびっしょりになる。

「ここがいいんだろう？　簡単に潮を吹く。お前の弱い所は、全部知っているんだ」

何度懇願しても、圭吾は執拗にそこを突き回し、その度に瞼の裏に愉悦の閃光が走った。

「やぁあ、あ、出ちゃう、あ、また、出ちゃう……んぅんん」

身体中の水分がすべて漏れ出してしまうような感覚に、百合香はぶるぶると下肢を震わせ、必死に耐えた。

だが堪えると、圭吾の肉幹をさらに締め付けてしまう。

「なんていやらしいんだ。こんな身体では、俺一人では満足できないな、そうだろう？」

圭吾は覆い被さるように身体を倒し、汗ばんだ百合香のうなじを強く吸い上げた。

「痛ぅっ」

セックスのたびに、圭吾は百合香の白い肌のそこら中に、淫らなキスマークを刻み込む。それは百合香が自分の所有物であると主張しているようだ。

「いつか、お前はまた、他の男を求めて、俺の手から逃げようとするんだ。そうに違いない」

圭吾はがつがつと腰を打ち付けながら、苦々しく言う。

「ち、がいます……そんなこと、あ、ぁあ、も……あぁあっ」

強い衝撃に脳芯まで愉悦に犯され、思考が鈍ってしまう。

(でも……そう不安に苛まれているうちは、この人は私だけを見ている)

ぼんやりした頭の隅で、思う。

(もし、また三億円拾ったら……)

圭吾の動きが早急になった。熱い肉杭で身体の中心を深く抉られると、腰が蕩けてしまいそうな強烈な快感に、考えがまとまらない。

「……あ、はぁ、奥……あぁ、だめ、あ、だめ、イク、イクウ、また、イクっ」

百合香は目を剝いて、悲鳴にも似た嬌声を上げながら、腰を浮かせた。

「く……きつい——お、出そうだ」

圭吾が低く唸り、力任せに子宮口を突き上げ続けた。

「やあぁあ、あ、終わんない……あぁ、終わらない……のぉ、あ、だめ、イッたままに……っ」

絶頂をさらに上書きされ、血管が破れてしまいそうなほど強くイキんだ。

「やぁあ、も、許して、あぁ、だめ、だめ、また、イク、イクっっ……っ」

呂律が回らなくなり甘く啜り泣きながら、百合香は真っ白な法悦の高みへと身を投げる。

「あぁああ、あぁぁ、いい、あぁ、いいいいいっ……っ」

めくるめく官能の高波に、なにもかも押し流された。

「出る、出るぞ、お、百合香――っ」

ぐぐっと硬い亀頭の先端が最奥に食い込み、灼熱の白濁液が大量に吐き出された。

「んあぁ、ああ、あぁぁああ、あぁっ……」

全身をきつく強ばらせ、意識を手放す寸前、百合香はかすかな自分の心の声を聞いた。

(もし――また三億円、拾ったら……私はまた、同じあやまちを繰り返すのかもしれない……)

＊この作品は、書き下ろしです。また、文中に登場する団体、個人、行為などは実在のものとはいっさい関係ありません。

二見文庫

人妻《ひとづま》　乱《みだ》れ堕《お》ちて……

著者　渡辺《わたなべ》やよい

発行所　株式会社 二見書房
東京都千代田区三崎町2-18-11
電話　03(3515)2311［営業］
　　　03(3515)2313［編集］
振替　00170-4-2639

印刷　株式会社 堀内印刷所
製本　株式会社 村上製本所

落丁·乱丁本はお取り替えいたします。
定価は、カバーに表示してあります。
©Y.Watanabe 2016, Printed in Japan.

ISBN978-4-576-16085-6
http://www.futami.co.jp/

二見文庫の既刊本

隣のとろける未亡人

WATANABE, Yayoi
渡辺やよい

誠はアパート住まいだが、周囲にできた建て売り住宅群の主婦たちの誘惑がハンパない。セックスレスの主婦、好色な専務夫人……彼女たちとの接触で〝充実した〟日々を送っていた。ある日、空いていた隣の住宅に女性が引っ越してきた。なんと、未亡人!! 誠は一目で興味を持ち、隣家の様子を覗く日々が続くが——。人気女流作家による、待望の書下し長編官能!

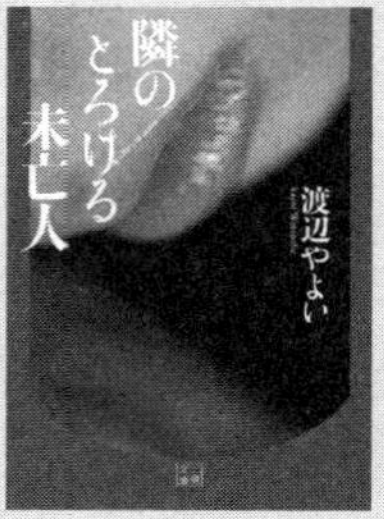